NIEDERSTOTZINGEN
ARCHÄOPARK **VOGELHERD**

G**H**V

Gustav Riek

Die Mammutjäger vom Lonetal

Mit Zeichnungen von Willy Planck
und Zeichnungen nach Funden des Verfassers

Wissenschaftliche Beiträge und aktuelle Hintergründe
von Prof. Nicholas J. Conard und Ewa Dutkiewicz M.A.
Universität Tübingen

Impressum

Rilkestr. 3
88427 Bad Schussenried

Satz: Gerhard Hess Verlag

ISBN 978-3-87336-462-2

Herausgeber: Stadt Niederstotzingen

Unter Mitwirkung von:
Gerhard Kieninger, Stadt Niederstotzingen
Patricia Friderich, Archäopark Vogelherd

Umschlaggestaltung:
Druckerei Schmid GmbH & Co. KG, 89537 Giengen

Vorwort

Erforschen. Entdecken. Erleben

Als im Juni 2006 die Grabungsmannschaft um Prof. Nicholas J. Conard vom Institut für Ur- und Frühgeschichte der Universität Tübingen bei Nachgrabungen am Vogelherd die Kleinplastik eines Mammuts, geschnitzt aus Mammutelfenbein, entdeckte, war dies der letzte noch fehlende Impuls, eine Präsentation der Originalfunde vom Vogelherd am Originalschauplatz des Romans von Gustav Riek „Die Mammutjäger vom Lonetal" in die Realität umzusetzen.

Neugierde fördern, Fantasien anregen und archäologisches Wissen im Rahmen einer faszinierenden Geschichte zu vermitteln, war sicher einer der Beweggründe von Gustav Riek gewesen, diesen Roman entstehen zu lassen.

Wer in seinen Kindheits- und Jugendtagen die Erlebnisse von Bärenklau und seines Stammes mit kindlicher Fantasie auf sich hat einwirken lassen, den erfasst eine Begeisterung für diese vergangene Zeitepoche und die Faszination für Urgeschichte lässt einen dann nicht mehr los. Faszination ist dabei das Schlüsselwort.

In diesen Tagen wird im Norden Spaniens die Altamirahöhle mit ihren unwiederbringlichen Steinzeitmalereien erstmals nach zwölf Jahren wieder für Kleinstgruppen, versuchsweise, zugänglich gemacht, obwohl genau dieses zur Zerstörung dieser Kunstwerke beitragen könnte.

Warum also diese Öffnung? Ob in Altamira, Lascaux oder anderswo, trotz vorhandener Nachbildungen fallen die Bewertungen von Besuchern und Wissenschaftlern gleichermaßen eindeutig aus – alle schwärmen von der Unvergleichlichkeit der Wirkung des Originals auf die Person des Besuchers. Genau dieses hat auch schon Gustav Riek in seinem Nachwort zu den „Mammutjägern vom Lonetal" beschrieben: Die besondere Wirkung des Ausblicks vom Eingang der Höhle auf das Lonetal und die damit verbundene Anregung menschlichen Gefühls und menschlichen Verstandes.

Am 1. Mai 2013 war es dann soweit – 80 Jahre nach den Ausgrabungen von Gustav Riek sind wir diesem Ansinnen mit der Eröffnung des „Archäoparks Vogelherd" wohl sehr nahe gekommen. Den Schutz der Fundstätte, die Präsentation der Originalfunde und die Erkenntnis aus Wissenschaft und Forschung mit der Fantasie und der Faszination der Handlungen der „Mammutjäger vom Lonetal" zu verbinden.

Wir hoffen dadurch, die Vergangenheit in der Originallandschaft des Lonetals, wenigstens ein Stück weit, erlebbarer und entdeckbarer zu machen. Deshalb haben wir uns auch für die Neuauflage des Romans von Gustav Riek begeistert, obwohl wir aus heutiger Sicht, sowohl in archäologischem wie historischem Kontext, in Teilen eine veränderte Sichtweise auf die erzählerische Darstellung dieser Zeit haben.

Gentechnik, Klimawandel und eine weltweite digitale Wissensverknüpfung haben uns in den letzten Jahren einen reichen Erkenntnisgewinn in der Archäologie der Ur- und Frühgeschichte gebracht, welchen wir daher den geneigten Lesern dieses Werkes begleitend näher bringen wollen.

Unser Dank gilt hierfür besonders Herrn Prof. Nicholas J. Conard und Frau Ewa Dutkiewicz M.A. vom Institut für Ur- und Frühgeschichte der Universität Tübingen für die wissenschaftliche Begleitung dieser Neuauflage.

Es bleibt zu hoffen und zu wünschen, dass die mit dieser Neuauflage angeregte Fantasie und die dadurch geweckte Begeisterung für diese vergangene Menschheitsepoche einen nachhaltigen Impuls zur weiteren Unterstützung archäologischer Forschungen geben wird.

Der Herausgeber

Gustav Riek

Nicholas J. Conard

Gustav Riek (geboren am 23. Mai 1900 in Stuttgart, gestorben am 1. November 1976 in Feldstetten) war wie viele seiner Zeitgenossen eine Person mit widersprüchlichen Eigenschaften, die aus heutiger Sicht nicht leicht zu deuten sind. Seine Biographie beinhaltet politische Tiefpunkte und wissenschaftliche Sternstunden. Während das Letztere uns hier besonders interessiert und im Vordergrund steht, soll das Erstere nicht unerwähnt bleiben.

Viele Kollegen aus älteren Generationen erzählten mir von Gustav Riek. Dazu gehören u.a. Prof. Hansjürgen Müller-Beck (Tübingen), Prof. Gerhard Bosinski (Köln) und Reiner Blumentritt aus Schelklingen. Die Beschreibungen reichen von Verachtung bis Verehrung, und die Wahrheit kann nur in dem breiten Feld dazwischen liegen. Gustav Riek ist bereits 1929 der NSDAP und 1933 der SA beigetreten. Wenn man großzügig mit Gustav Riek umgehen will, wie es mein Vorgänger in Tübingen, Prof. Müller-Beck, oft tat, kann man argumentieren, dass Rieks Unterstützung der Nazis und deren Herrschaft anfangs naiv und optimistisch war. Sicherlich fühlte er sich sehr stark verbunden mit Deutschland und insbesondere mit Schwaben.

Diese Heimatverbundenheit spielte in seiner Forschung eine wichtige Rolle und erklärt zum Teil auch, warum sich sein Forschungsgebiet fast ausschließlich auf Württemberg beschränkte. Neben zahlreichen anderen Aktivitäten, hat er gern und häufig Ausgrabungen in den Höhlen der Schwäbischen Alb durchgeführt. Hierzu zählen im Lonetal seine Ausgrabungen am und im Vogelherd 1931 und in der Haldenstein-Höhle bei Urspring im Jahr 1938. Die Ausgrabung am Vogelherd wurde angeregt durch den Entdecker des Fundplatzes, den Eisenbahnsekretär, Mundartdichter und passionierten Heimatforscher Herrmann Mohn, sowie den Tübinger Lehrstuhlinhaber der Geologie und Paläontologie Prof. Georg Wagner. Die Reichweite der Folgen von Rieks Ausgrabung war zu Beginn der Geländearbeit im Bereich eines Dachsbaus, dessen Aushub eiszeitliche Funde beinhaltete, noch nicht absehbar.

Während die Vogelherd-Höhle, wie wir bald sehen werden, wahrscheinlich bis heute der bekannteste Höhlenfundplatz der Schwäbischen Alb ist, bedeutend u. a. für seinen Reichtum an aurignacienzeitlichen Kunstwerken aus Mammutelfenbein, lieferte die Haldenstein-Höhle ein kleines aber hoch spannendes Inventar der Blattspitzenkultur, die in die Zeit des Übergangs zwischen dem Mittel- und dem Jungpaläolithikum und damit zwischen den Neandertalern und den frühen modernen Menschen gehört. Mit den Grabungsergebnissen am Vogelherd etablierte Riek seinen wissenschaftlichen Ruf. Im Jahr 1935 wurde er Professor und Direktor des Urgeschichtlichen Forschungsinstituts an der Universität Tübingen, in der Zeit, als sein Doktorvater und Vorgänger Robert Rudolf Schmidt sein Amt als Leiter aufgrund von finanziellen Problemen räumen musste. Kurz darauf, im Jahr 1937, trat Riek der SS bei und forschte für das SS-Ahnenerbe.

In den Nachkriegsjahren grub Riek in dem benachbarten Achtal zwischen Blaubeuren und Schelklingen in der Großen Grotte (1959 - 1964), die bedeutende Schichten aus der Zeit der Neandertaler enthielt, sowie in der Brillenhöhle (1955 - 1963) mit ihren reichen Schichten aus dem Gravettien und Magdalénien. Dazu kamen auch weniger gut publizierte Ausgrabungen in der Eingangsnische am Hohle Fels bei Schelklingen (1958 - 1961) sowie im Helga Abri oberhalb des Hohle Fels (1958 - 1960). Diese Ausgrabungen erbrachten Funde aus der Magdalénien-Zeit und aus dem Spätpaläolithikum am Ende der Würmeiszeit, sowie dem Mesolithikum, der Zeit der Jäger und Sammler im Holozän, der jetzigen Warmzeit.

Rieks Leistung als Geländearchäologe ist unbestritten, und er zählt sicherlich zu den bedeutendsten Ausgräbern der Höhlen der Schwäbischen Alb. Sein profundes Wissen in der Geologie und Paläoumweltforschung passt in die Tübinger Forschungstradition, die bis heute eine Hochburg der Erforschung der Eiszeit-Archäologie ist und die Fachwelt stark prägt. Es wäre auch nicht falsch zu behaupten, dass die Arbeiten Rieks und insbesondere die Ergebnisse aus dem Vogelherd die Forschung in den Vor- und Nachkriegsjahren richtig in Schwung gebracht haben. Ohne Rieks Geländearbeit und die hochwertige monographische Publikation über den Vogelherd aus dem Jahr 1934 wäre der internationale Bekanntheitsgrad der Schwäbischen Höhlen heute viel geringer. Es gäbe sicherlich keinen Archäopark Vogelherd und wahrscheinlich auch nicht den Lehrstuhl für Ältere Urgeschichte und Quartärökologie, den ich heute innehabe. Auch wenn Rieks politisches Leben aus heutiger Sicht sehr belastet ist, war und ist seine Forschung von großer Bedeutung. Seine Publikationen über die Grabungsergebnisse sind mit wenigen Ausnahmen heute noch nachvollziehbar und, gemessen an den Maßstäben seiner Zeit, beachtlich.

Gustav Riek bei der Ausgrabung am Vogelherd 1931.

Das Paläolithikum, der längste Abschnitt der Menschheitsgeschichte

Ewa Dutkiewicz

Urgeschichte, Steinzeit, Eiszeit … viele Begriffe werden für den Zeitabschnitt, der die frühen Phasen menschlicher Geschichte abdeckt, verwendet. Der Fachbegriff für diese Zeit ist Paläolithikum, von griechisch *palaios* "alt" und *lithos* "Stein". Im Deutschen nennt man diese Periode auch Altsteinzeit. Diese Zeit ist die Epoche des geschlagenen Steins, d.h. dass die Werkzeuge, die die Menschen nutzen, aus Stein hergestellt wurden. Es ist die Zeit, in der die Entwicklung des Menschen von Vormenschenformen zu Frühmenschenformen und dann schließlich zu den heutigen Menschen vonstatten gegangen ist. Dieser Abschnitt umfasst mehrere Kalt- und Warmzeiten. Wir nennen uns selbst *Homo sapiens sapiens*. Unsere heutige Gestalt entwickelte sich vor etwa 200.000 Jahren. Man sagt auch „anatomisch moderner Mensch", denn im Körperbau unterscheiden sich diese Menschen nur wenig bis gar nicht von uns.

Das Paläolithikum oder auch die Altsteinzeit wird in verschiedene Abschnitte unterteilt. Das Altpaläolithikum beschreibt den Zeitabschnitt seit die Menschen vor rund 2,5 Millionen Jahren erstmals Werkzeuge aus Stein hergestellt haben bis vor rund 300.000 Jahren. Zu dieser Zeit erfindet der Mensch eine neue Methode zur Bearbeitung von Steinen, die so genannte Levallois-Methode, und damit beginnt der nächste Abschnitt, das Mittelpaläolithikum. In Europa entspricht das Altpaläolithikum in etwa der Zeit des *Homo erectus*, der ersten Menschenart, die nachweislich von Afrika aus nach Europa eingewandert ist. Das Mittelpaläolithikum ist in Europa die Zeit des Neandertalers. Vor rund 45.000 Jahren wandert schließlich der anatomisch moderne Mensch nach Europa ein, und die materielle Kultur verändert sich so stark, dass ein neuer Abschnitt angesetzt wird, das Jungpaläolithikum. Das Jungpaläolithikum endet mit der letzten Eiszeit und wird anhand der Werkzeugkultur in verschiedene Zeitabschnitte gegliedert. Der älteste ist das so genannte Aurignacien. Es wurde nach einem Fundort in Südfrankreich, Aurignac, benannt und dauert europaweit von rund 40.000 bis 30.000 Jahren vor heute an. Es folgen das Gravettien (ca. 30.000 bis 23.000 Jahre vor heute, benannt nach dem Fundort La Gravette in der Dordogne), und nach einer Besiedlungslücke im Kältemaximum der letzten Eiszeit das Magdalénien (ca. 18.000 bis 12.000 Jahre vor heute, benannt nach dem Fundort La Madeleine ebenfalls in der Dordogne) und das Spätpaläolithikum (ca. 12.000 bis 10.000 Jahre vor heute). Das Paläolithikum ist die Zeit, als Menschen nicht sesshaft waren und als Jäger und Sammler durch die Lande zogen. Mit dem Beginn der heutigen Warmzeit (Holozän) beginnt in Europa das Mesolithikum, die Zeit der nacheiszeitlichen Jäger und Sammler. Vor etwa 8.500 Jahren schließlich breitet sich eine neue Lebensweise vom Vorderen Orient über Südosteuropa aus und bringt Ackerbau und Viehzucht sowie eine sesshafte Lebensweise nach Mitteleuropa. Das so genannte Neolithikum oder auch die Jungsteinzeit ist die Zeit der ersten Ackerbauern und Viehzüchter. Die Menschen bauten feste Häuser, stellten Keramik her, benutzten aber immer noch Steinwerkzeuge.

Das Paläolithikum oder auch die Altsteinzeit beginnt vor rund 2,5 Millionen Jahren und endet vor ca. 10.000 Jahren. Dieser Zeitabschnitt deckt 99,6 % der gesamten Menschheitsgeschichte ab. Erst danach beginnen wir mit Landwirtschaft, entdecken Metalle, bauen Städte, Paläste und Tempel.

Die Ausgrabungen am Vogelherd

Altgrabungen

Ewa Dutkiewicz

Am 23. Mai 1931 entdeckte der Heidenheimer Heimatforscher Hermann Mohn auf einem Felsmassiv nahe Stetten bei Niederstotzingen im Auswurf eines Dachsbaus bearbeitete Steinwerkzeuge. Er erkannte schnell, dass es sich hierbei um Werkzeuge aus der Altsteinzeit handeln musste. Mohn hatte bereits einige Jahre vorher die Heidenschmiede in Heidenheim entdeckt und an den Ausgrabungen teilgenommen, so dass er gut vertraut war mit steinzeitlichen Werkzeugen. Er informierte kurz darauf Prof. Georg Wagner von der Universität Tübingen, und dieser schickte den Urgeschichtler Gustav Riek nach Stetten, um den Fundort zu untersuchen. Bereits am 4. Juli 1931 begannen die ersten Sondagen. Schnell wurde klar, dass hier ein bedeutender Fundplatz des Paläolithikums entdeckt worden war. Gustav Riek veranlasste eine umfassende archäologische Ausgrabung am Vogelherd. Dazu stellte er vier Grabungsarbeiter ein: A. Bamberger, H. Feiertag, K. Gring und E. Bamberger. Er selbst leitete die

Grabung und übernahm die Dokumentation. Die Grabungskampagne dauerte vom 15. Juli bis zum 1. Oktober 1931. In diesen insgesamt drei Monaten Grabungstätigkeit wurde die komplette Höhle ausgegraben.

Die Grabungsarbeiter vor dem Südwesteingang des Vogelherds im Jahr 1931. ©Universität Tübingen

Das Erdmaterial aus der Höhle wurde mit Schubkarren aus den beiden Eingängen der Höhle hinaus gefahren und auf dem Abhang vor der Höhle abgeladen. Riek hat insgesamt acht paläolithische Schichten in der Vogel-

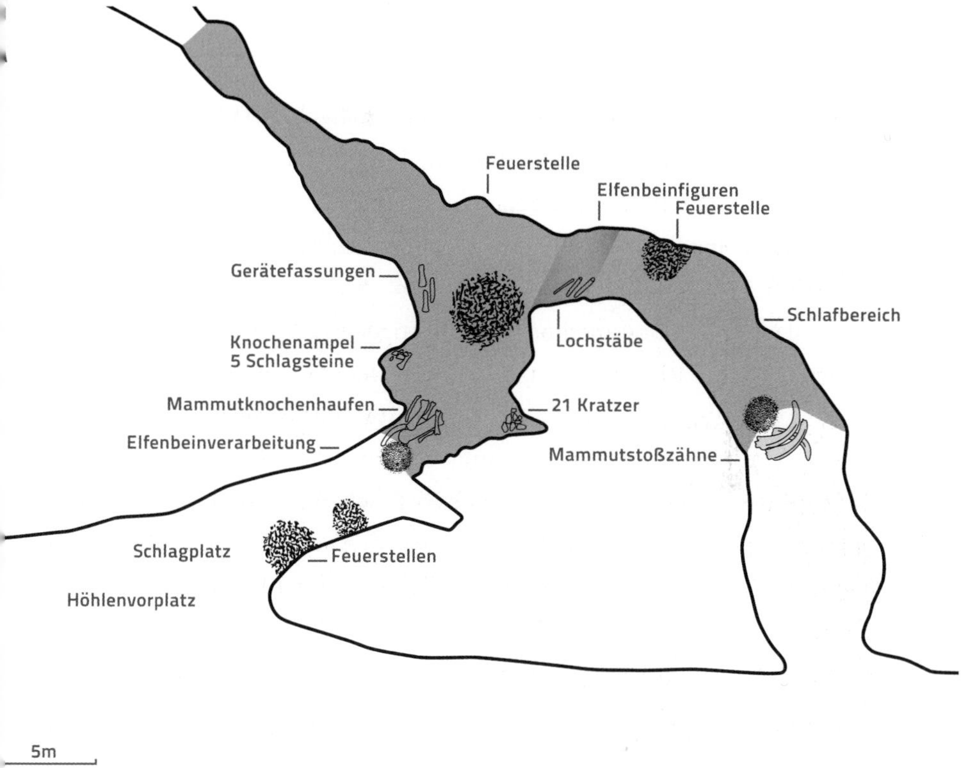

Höhlenplan der Aurignacien-Fundschicht V, rekonstruiert von Joachim Hahn (Kraft und Aggression. Die Botschaft der Eiszeitkunst im Aurignacien Südwestdeutschlands, 1986) nach Angaben von Riek (Die Eiszeitjägerstation am Vogelherd im Lonetal, 1934). ©Archäopark Vogelherd

herdhöhle beobachtet. Vier davon gehören in das Mittelpaläolithikum, also in die Zeit des Neandertalers, und vier in das Jungpaläolithikum, demnach in die Zeit des anatomisch modernen Menschen. Die beiden wichtigsten Schichten sind die Schichten IV und V, die in das Aurignacien datieren, also die Zeit der Einwanderung der modernen Menschen nach Europa. Sie sind die reichhaltigsten und bedeutendsten Schichten des Vogelherds. Gustav Riek konnte während der Grabung zahlreiche Funde machen, die nachfolgend vorgestellt werden. Er hat viele Feuerstellen gefunden, er konnte Arbeitsplätze für Mammutelfenbein oder Steinwerkzeuge feststellen und sogar Lagerstätten für Elfenbein ausmachen.

Obwohl seine Grabungsmethode nach heutigen Maßstäben als grob bezeichnet wird, konnte Riek dennoch viele interessante Funde bergen, so auch die elf Mammutelfenbein- und Knochenfiguren aus den Schichten des Aurignaciens. Der Abraum aus seiner Grabung blieb vor der Höhle liegen. Da Riek während der Grabung die Erde nicht sieben ließ, war klar, dass viele Funde, besonders die ganz kleinen, übersehen worden sein mussten. Dies veranlasste schließlich 74 Jahre später Prof. Nicholas Conard von der Universität Tübingen, Rieks Abraum nochmals auszugraben und die Funde zu bergen.

Neugrabungen

Nicholas J. Conard

Im Sommer 1931 grub Gustav Riek mit seiner Mannschaft die Sedimente der Vogelherd-Höhle fast vollständig aus. Die Grabung lief zügig und gemessen an den Maßstäben von heute war anzunehmen, dass vieles übersehen wurde. Amateur-Archäologen wie Friedrich Seeberger teilten mir mit, dass es zahlreiche Funde im Abraum des Vogelherds gab. Die allgemeine Lage sprach dafür, dass sich eine Nachgrabung lohnen würde. Die einzigen genehmigten Ausgrabungen am Vogelherd wurden im Jahr 1978 von Eberhard Wagner im Auftrag des Landesdenkmalamtes Baden-Württemberg durchgeführt. Wagners Ausgrabung lieferte keine Funde und er berichtet: „Entgegen der verbreiteten Annahme, dass im Riek'schen Grabungsaushub noch massenhaft Artefakte zu finden seien, wurde kein einziges Feuersteinstück geborgen." (Wagner 1979, Archäologische Ausgrabungen 1978: 9). Diese aus heutiger Sicht verblüffende Aussage führte dazu, dass lange Zeit keine Nachgrabungen geplant wurden.

Der frische Abraum von Rieks Grabung am Hang des Vogelherds.
©Universität Tübingen

Zwei Ereignisse haben aus meiner Sicht die Lage geändert. 1) Die Nachgrabungen im Neandertal bei Düsseldorf (R. W. Schmitz [Hrsg.], Neanderthal 1856 - 2006, Mainz, Verlag Philipp von Zabern) zeigten, dass es möglich war, den ursprünglichen Aushub der Kleinen Feldhofer Grotte aus dem Jahr 1856 zu lokalisieren und zugleich fast 150 Jahre später bedeutende Fundinventare zu bergen. Die Lokalisierung des Aushubs am Vogelherd war überhaupt kein Problem, denn man wusste sehr genau, dass Riek ihn unterhalb des Südwest- und Südeingangs der Höhle auf den Abhang hatte schütten lassen. Diese Sedimente waren auf den alten Grabungsbildern Rieks gut erkennbar, und sie waren bis unmittelbar vor der Nachgrabung noch gut sichtbar. 2) Die Große Landesausstellung Baden-Württembergs „Eiszeit – Kunst und Kultur" war für die Monate ab September 2009 vorgesehen. Daher wollten wir die Nachgrabung noch vor der Landesausstellung durchführen. Es war anzunehmen, dass die Erhaltung der Funde, die Riek übersehen hatte, von Jahr zu Jahr nur schlechter werden konnte; auch von daher war es sinnvoll, so schnell wie möglich eine systematische Nachgrabung in Angriff zu nehmen. Auf jeden Fall sollten die Funde rechtzeitig bis zur Eröffnung der Landesausstellung vorliegen.

Im Jahr 2005 war es soweit. Die Nachgrabung begann im Mai, und wir dachten, wir würden in zwei oder drei ziemlich kurzen Kampagnen fertig sein. Am Anfang der Nachgrabung hätte ich nie gedacht, dass wir in den Jahren von 2005 bis 2012 insgesamt acht Grabungskampagnen mit fünf bis sogar acht Wochen Laufzeit durchführen würden. Am Ende der Arbeit haben wir mehrere Tausend Einzelfunde wie Steinwerkzeuge, bestimmbare Tierknochen oder Schmuckstücke und Kunstwerke entdeckt. Über 32.000

Sedimentsäcke haben wir gefüllt, geschlämmt und ausgelesen, und bis zum jetzigen Zeitpunkt wurde die systematische Erforschung dieser Berge an Funden noch kaum begonnen.

Hat sich dieser enorme Aufwand gelohnt? Ja, ganz eindeutig. Schon 2005 entdeckte die Mannschaft neben den unzähligen geschlagenen Steinartefakten und Tierknochen Bruchstücke von Elfenbeinkunstwerken und Fragmente einer Flöte aus einem Vogelknochen, dazu Knochen-, Geweih- und Elfenbeingeräte. Ein Wendepunkt in der Grabung war der 22. Juni 2006, als das berühmte vollständige Mammut vom Vogelherd entdeckt wurde. Nach der Veröffentlichung des Fundes in der Jahresausgabe der Archäologischen Ausgrabungen in Baden-Württemberg ging die Berichterstattung rund um die Welt. Der Fund stand auf der Titelseite des Spiegels mit der Schlagzeile „Am Anfang war die Kunst. Die Entdeckung der ältesten Kunst der Welt in einer Höhle der Schwäbischen Alb". Ausstellungen wurden in Niederstotzingen, Tübingen, Blaubeuren, Stuttgart und Konstanz veranstaltet. Die erste fand in Niederstotzingen statt und lief nur über ein einziges Wochenende. Sie war völlig ausverkauft, und die Menschen standen stundenlang in der Schlange, um das neue Mammut und eine Auswahl anderer Kunstwerke aus dem Vogelherd zu bewundern. Daraus entstand die Idee für eine dauerhafte Präsentation einiger Originalfunde am Fundort, woraus dann im Jahr 2013 der Archäopark Vogelherd hervorging. Das Mammut wurde dann auch das Aushängeschild für die Große Landesausstellung, die mehr als 100.000 Besucherinnen und Besucher in die Landeshauptstadt lockte.

Neben dem Mammut wurde gut ein Dutzend weiterer Elfenbeinkunstwerke während der Nachgrabung entdeckt, und heute stammen ungefähr zwei Drittel der rund 50 bekannten Elfenbeinkunstwerke des Schwäbischen Aurignaciens aus dem Vogelherd. Da die Sortier- und Puzzlearbeit noch nicht abgeschlossen ist, kann die Zahl der Funde noch weiter steigen.

Durch die Nachgrabung wurden auch zahlreiche andere Funde geborgen. Bislang haben wir um die 400 kleine geschnitzte Elfenbeinanhänger und Perlen gefunden. Riek hat während seiner Arbeiten keine einzige Elfenbeinperle gefunden, was im Hinblick auf die zahlreichen aurignacienzeitlichen Funde aus anderen Höhlen der Schwäbischen Alb seltsam war. Doch mit den Nachgrabungen konnten wir beweisen, dass die aurignacienzeitlichen Bewohner des Lonetals genau die gleichen Schmuckformen trugen wie die Bewohner des Achtals. Hier sehen wir beispielhaft einen von vielen klaren Belegen dafür, dass die Menschen dieser Täler zu der gleichen Kulturgruppe gehörten und sicherlich die gleiche Sprache sprachen und die gleiche kulturelle Identität trugen.

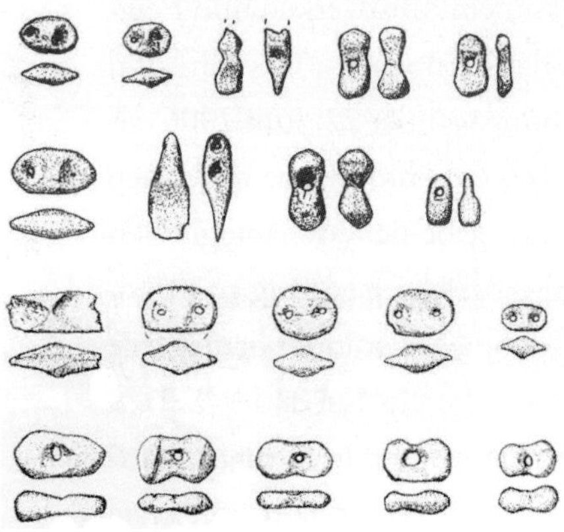

Perlen aus Mammutelfenbein aus den Nachgrabungen am Vogelherd. ©Universität Tübingen.

Auch wenn die Auswertung der Nachgrabung am Vogelherd noch am Anfang steht, können wir hier festhalten, dass die unzähligen neuen Funde viele Wissenslücken schließen und zugleich viele neue Forschungsfragen öffnen.

Die Nachgrabungen im Jahr 2011 am Hang des Vogelherds.
©Universität Tübingen

Abbildung nachfolgende Seite: Figürliche Kunstwerke aus den Nachgrabungen am Vogelherd. 1 Mammut, 2 Löwe, beide 2006 gefunden, 3 Tierfigur, 4 Igel, 5 Fisch, alle 2008 gefunden.
Foto: H. Jensen ©Universität Tübingen

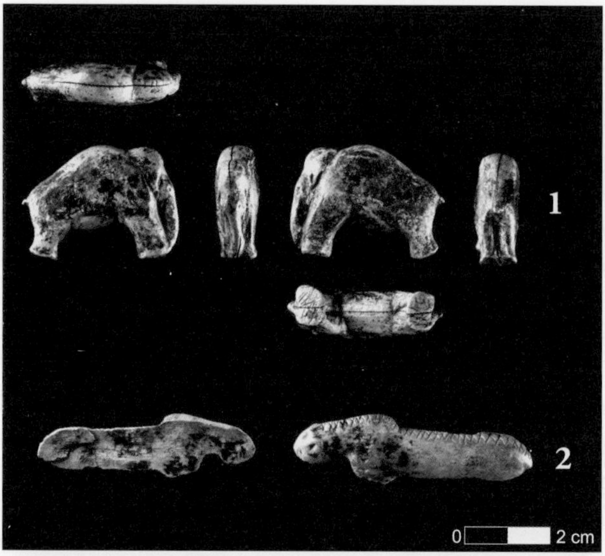
1
2
0 2 cm

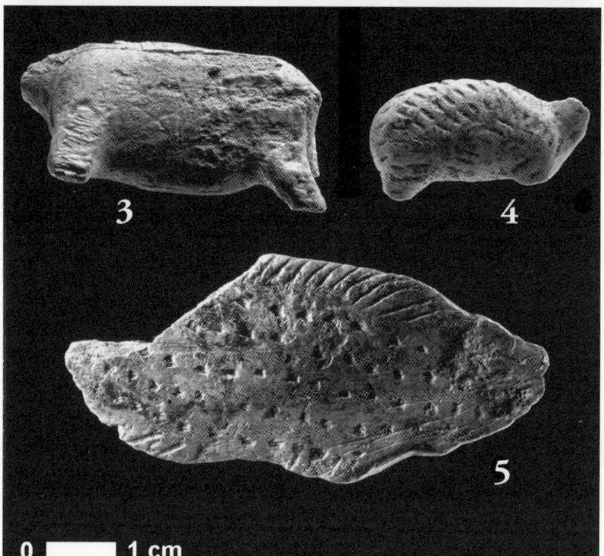
3
4
5
0 1 cm

Die Funde

Ewa Dutkiewicz

Gustav Riek konnte in der Vogelherdhöhle insgesamt acht paläolithische Fundschichten identifizieren. Die untersten vier sind Ablagerungen aus der Zeit des Neandertalers und datieren in einen Zeitraum von ca. 125.000 Jahren vor heute bis vor die Zeit der ersten anatomisch modernen Menschen vor rund 40.000 Jahren.

Nach einer fundleeren Schicht folgen die zwei wichtigsten Schichten. Sie gehören in das Aurignacien, die Zeit der ersten anatomisch modernen Menschen. Aus diesen beiden Schichten stammen die meisten Funde aus dem Vogelherd. Zwei dünne Schichten stammen aus dem Magdalénien, aus der späten Phase der letzten Eiszeit, als sich das Klima auf der Nordhalbkugel langsam wieder erwärmte. Diese Schichten sind rund 13.000 Jahre alt. Überreste aus dem Neolithikum, der Zeit der

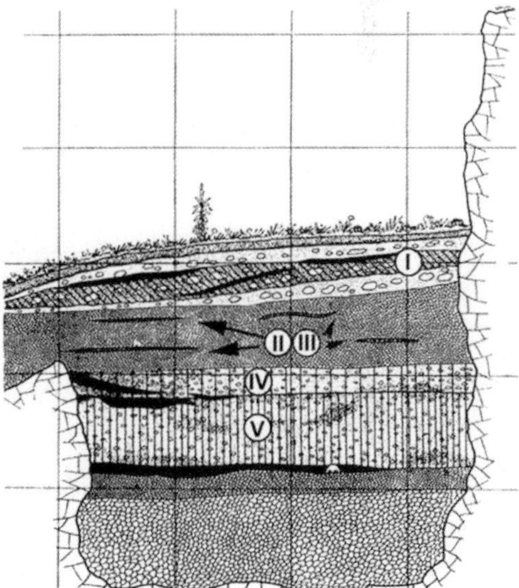

Die Schichtabfolge am Vogelherd (Gustav Riek, Die Eiszeitjägerstation am Vogelherd im Lonetal, 1934).

ersten Ackerbauern und Viehzüchter, bilden die letzten archäologischen Hinterlassenschaften im Vogelherd. Zu dieser Zeit war die Höhle schon fast vollständig verfüllt. Zwei Schädel, die Riek in den Schichten des Aurignaciens gefunden hat, wurden neu datiert. Sie besitzen ein Alter von rund 3.900 bis 5.000 Jahren und wurden offenbar im Neolithikum in einer tiefen Grube vergraben.

So spektakulär die Figuren aus dem Vogelherd sind, wurden aber auch viele andere, sehr wichtige Funde gemacht. An Steinartefakten des Neandertalers und des anatomisch modernen Menschen kann man die Entwicklung der Steinbearbeitung nachvollziehen. Typische Werkzeuge des Neandertalers sind Schaber, Faustkeile und Keilmesser. Der anatomisch moderne Mensch

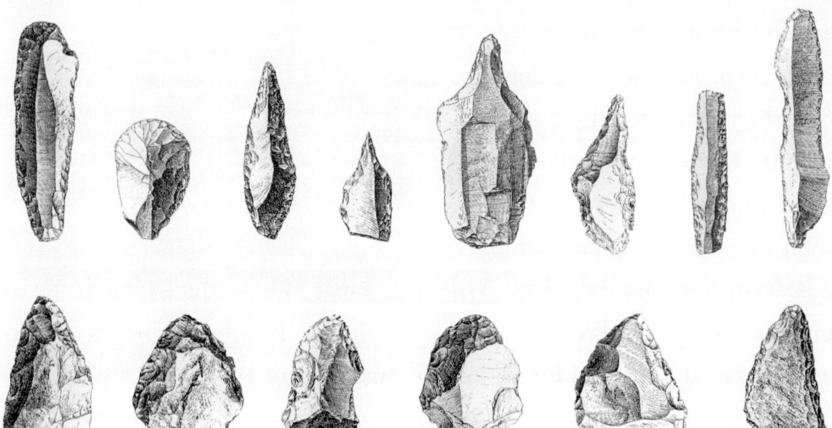

Steinwerkzeuge des Neandertalers (unten) und des anatomisch modernen Menschen (oben) wie sie Riek publiziert hat (Die Eiszeitjägerstation am Vogelherd im Lonetal, 1934).

hat hauptsächlich Klingen, Kratzer und Stichel verwendet. Werkzeuge aus organischen Materialien wie Knochen, Geweih und Elfenbein stammen hauptsächlich aus den Schichten des Aurignaciens. Es wurden einige Flöten gefunden, die aber leider nur sehr fragmentarisch erhalten sind. Dies sind einige Stücke aus Vogelknochen, aber auch ein Stück aus Mammutelfenbein. Bekannt ist diese Fundgattung vor allem aus den Achtal-Höhlen Geißenklösterle und Hohle Fels, wo sie fast vollständig vorliegen. Sie sind die ältesten Musikinstrumente weltweit. Schmuck, wie Anhänger und Perlen aus Mammutelfenbein, sind in sehr großer Zahl zu finden. Tierknochen erzählen uns vom Speiseplan der Bewohner der Vogelherdhöhle, aber auch über die Umwelt, in der sie gelebt haben. Sowohl die Neandertaler als auch die ersten modernen Menschen in Europa haben diese Höhle intensiv genutzt. Der Vogelherd ist eine wahre Fundgrube für Archäologen.

Die Kunstwerke vom Vogelherd

Ewa Dutkiewicz

Die sicherlich bemerkenswertesten Funde aus dem Vogelherd sind die vielen kleinen Tierfiguren, die zu den ältesten Kunstwerken der Menschheit gehören. Gustav Riek hat während seiner Ausgrabung 1931 bereits elf Stücke gefunden. Viele weitere Figuren und Fragmente von Kunstwerken kamen in den Nachgrabungen durch Nicholas Conard hinzu. Diese Kunstwerke stammen aus den Schichten des Aurignaciens und datieren auf rund 40.000 bis 35.000 Jahren vor heute.

Die Kunstwerke vom Vogelherd üben einen ganz besonderen Reiz aus. Sie bilden ein kleines Ensemble von Tierfiguren, die durch ihre geringe Größe und die feine Ausarbeitung in dem doch sehr harten Material Mammutelfenbein bestechen. Eine menschliche Figur findet sich ebenfalls. Aus Rieks Grabung stammen einige der bekanntesten Figuren des Paläolithikums. Das berühmte, gerade mal 4 cm lange Wildpferd ist mit Sicherheit eine der schönsten Darstellungen. Die geschwungenen Formen, der ausgeprägte, gebogene, fast überzogen dargestellte Hals besitzt eine höchst ansprechende Form. Eine Kreuzlinie erstreckt sich über den Hals und den Rücken. Man erkennt deutlich jedes kleine Detail der Darstellung. Die Ohren sind angelegt, die Nüstern gebläht, als ob das Tier in höchster Anspannung wäre.

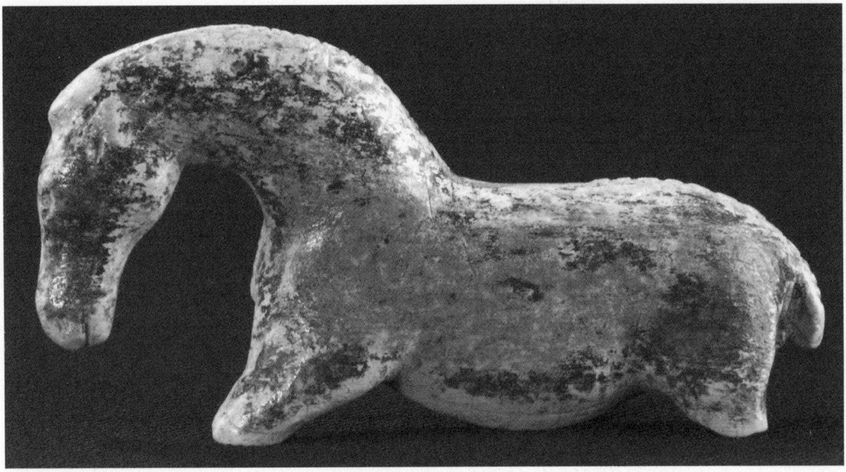

Das Pferdchen vom Vogelherd aus der Grabung von Gustav Riek 1931, Länge 4,7 cm. Foto: H. Jensen ©Universität Tübingen.

Eine andere, nicht minder schöne Darstellung ist das Mammut, das Riek 1931 gefunden hat. Mit 5 cm Länge ist es unwesentlich größer als das Wildpferd. Es handelt sich um ein kräftiges, fast dickes Mammut. Die Schultern und der Nacken bilden die prominentesten Teile der Figur. Die kleinen Augen und Ohren sind auch bei dieser Figur dargestellt. Der Rüssel ist leider abgebrochen, aber man erkennt deutlich den Schwung des Greiforgans. Auffällige Kreuzlinien und Punktreihen betonen verschiedene Partien des Körpers. Zwischen den Vorder- und den Hinterläufen befindet sich jeweils eine Öse. Untersuchungen haben gezeigt, dass an diesen Stellen das Material durch Gebrauch poliert ist, so dass wir davon ausgehen können, dass das Mammut kopfüber hängend als Anhänger getragen wurde.

Das Mammut vom Vogelherd aus der Grabung von Gustav Riek 1931, Länge 5,1 cm. Foto: H. Jensen ©Universität Tübingen.

Das 2006 gefundene Mammut ist mit 3,6 cm kleiner und auch wesentlich schmaler als das Mammut aus Rieks Grabung. Es ist die einzige Figur des Schwäbischen Aurignaciens, welche vollständig die Zeiten überdauert hat. Die Körperformen und die Proportionen sind überaus detailgetreu abgebildet. Die Rückenlinie zeigt den für Mammuts typischen Sattel zwischen Kopf und Schulterpartie. Der Rüssel liegt am Körper an und ist von vorne betrachtet leicht geschwungen. Wieder sind Augen und Ohren dargestellt. Die Vorder- und Hinterläufe sind bei dieser Figur nicht durch eine Lücke getrennt. Wie bei einem lebendigen Mammut verbreitern sich die Fußsohlen beim Auftreten unter dessen Gewicht. Das kleine Stummelschwänzchen bildet ein weiteres, sehr naturgetreues Detail dieser Darstellung. Einige parallele Linien auf dem Kopf und unregelmäßige Linien auf den Fußsohlen verzieren diese Figur.

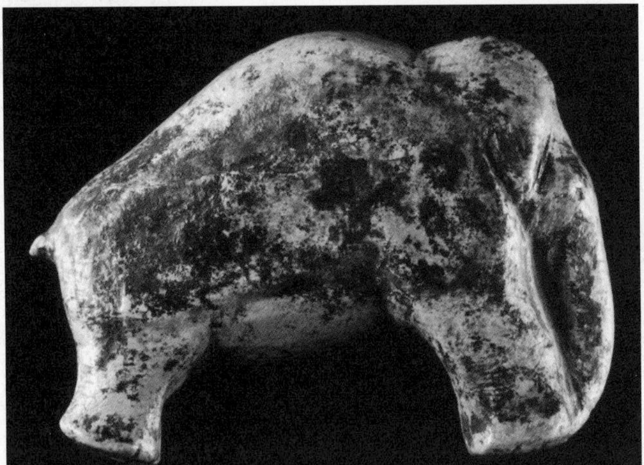

Das Mammut aus der Nachgrabung am Vogelherd 2006,
Länge 3,7 cm. Foto: H. Jensen ©Universität Tübingen.

Eine weitere bemerkenswerte Figur ist ein Löwenköpfchen, welches nach den Grabungen Rieks am Vogelherd aufgesammelt worden ist. Wieder sind die Proportionen und Details herausragend dargestellt. Die Umrisse zeigen zweifelsfrei einen Löwenkopf. Nase, Schnauze, Augen und Ohren sind hervorragend herausgearbeitet. Die Großkatze macht einen angespannten, konzentrierten Eindruck. Eine deutliche Kreuzlinie im Bereich des Backenbarts hebt diesen sehr schön hervor. Viele parallele Linien auf der Schnauze und der Stirn untermalen den konzentrierten Ausdruck des Tieres.

Löwenkopf nach der Grabung von Gustav Riek aufgesammelt.
Foto: H. Zwietasch © Landesmuseum Württemberg, Stuttgart.

Viele weitere Tierfiguren stammen aus dem Vogelherd. Aus Rieks Grabung kommen neben dem Pferdchen und der dicken Mammutfigur ein Steppenbison, zwei Löwendarstellungen, ein Tier mit auffälligen Mustern auf dem

Körper, dessen Kopf aber leider nicht erhalten ist und eine unvollständige, sehr große Mammutfigur, von der aber nur das Hinterteil und die Vorderläufe vorliegen. Im Jahr 2012 konnte an eine bisher schlecht bestimmbare Figur ein Teil des Köpfchens angepasst werden, das aus den Nachgrabungen am Vogelherd stammt. Eine kleine Sensation! Es zeigte sich, dass es sich vermutlich um einen weiteren Löwen handelt. Die einzige anthropomorphe Figur ist undeutlich herausgearbeitet und schwer als solche zu bestimmen. Alle diese Figuren wurden aus Mammutelfenbein hergestellt. Auf einem Knochen wurde ein Relief eines Mammuts wiedergegeben. Aus den neuen Grabungen stammen neben zahlreichen kleinen und winzigen Fragmenten das schon erwähnte vollständige Mammut, eine weitere Löwendarstellung, ein Tiertorso, der vermutlich einen Pflanzenfresser darstellt, und sogar die Darstellungen einen Fisches und eines Igels.

Löwendarstellungen dominieren eindeutig das Ensemble des Vogelherds. Neben den bereits erwähnten Stücken finden sich zahlreiche kleine Fragmente von eindeutigen Löwendarstellungen. Doch auch Mammuts werden besonders gerne dargestellt. Diese beiden Tierarten sind die Lieblingsmotive der Menschen vom Vogelherd. Alle anderen kommen vereinzelt vor. Joachim Hahn hat die These aufgestellt, wonach die Menschen im Aurignacien besonders kraftvolle und aggressive Tiere dargestellt haben. Dies wird von vielen Figuren, auch aus den anderen Höhlen der Schwäbischen Alb durchaus gestützt, doch finden sich auch weniger ‚kraftvolle' Tiere, wie Fisch, Igel oder Wasservogel (Hohle Fels).

Der Vogelherd ist die Fundstelle der Schwäbischen Alb, die die meisten figürlichen Kunstwerke erbracht hat. So findet man im Lonetal nur an einem weiteren Fundort Kunst aus dieser Zeit. Es handelt sich um den Löwenmenschen aus dem Hohlenstein-Stadel, einer Höhle, die in etwa 2 km Entfernung vom Vogelherd liegt. Dort wurde zwar nur eine einzige Figur gefunden, doch ist diese einzigartig. Der Löwenmensch wurde 1939 in stark fragmentiertem Zustand entdeckt. Es dauerte bis 1969, bis die Figur als solche erkannt wurde, nachdem Joachim Hahn mit Kollegen diese zusammengesetzt hatte. Es stellte sich heraus, dass die Figur einige Besonderheiten aufweist. Während Nachgrabungen des Landesamts für Denkmalpflege Baden-Württemberg am Hohlenstein-Stadel konnten Claus-Joachim Kind und sein Team weitere, bisher fehlende Fragmente des Löwenmenschen ausfindig machen. Im Jahr 2013 wurde der Löwenmensch neu zusammengesetzt. Viele neue und alte Fragmente, die vorher nicht angepasst werden konnten, haben die Figur vervollständigt. Sie ist mit über 30 cm die größte vollplastische Darstellung des Paläolithikums. Doch nicht nur die schiere Größe ist das Besondere an ihr. Während die anderen Figuren des Schwäbischen Aurignaciens meist Tiere darstellen, haben wir hier eine Mischung aus Mensch und Tier vor uns. Der Kopf ist ganz eindeutig der eines Löwen, die Haltung und viele Details wie z. B. die Knöchel an den Füßen sind typisch menschlich. In dieser Figur sehen wir ein merkwürdiges Mischwesen, welches uns einen kleinen Einblick in die religiösen Vorstellungen unserer Vorfahren erlaubt.

Aus dem benachbarten Achtal stammen ebenfalls viele spektakuläre Funde. In den 1970er Jahren konnte Joachim Hahn im Geißenklösterle figürliche Kunstwerke in den Schichten des Aurignaciens finden. Es handelt sich hierbei um eine Mammutfigur, eine kleine Bisondarstellung, eine Bärendarstellung in aufgerichteter Haltung, sowie um den so genannten Adoranten. Die letzte

Darstellung ist besonders interessant. Es ist eine menschliche Figur die als Relief auf einem kleinen, fast 4 cm großen Elfenbeinplättchen dargestellt wurde. Die Figur steht breitbeinig da und hebt die Arme gen Himmel. Zwischen den Beinen hängt ein langer Schwanz bis zum Boden, so dass man an eine Verkleidung oder ein Mischwesen, vielleicht einen weiteren Löwenmenschen denken kann. Leider ist die oberste Lage der Darstellung abgeplatzt, so dass dies nicht mit Sicherheit bestimmt werden kann. Am Rand des Plättchens sind Linien eingeritzt und auf der Hinterseite mehrere Reihen mit Punkten. Vermutlich handelt es sich hierbei um ein Notationssystem, vielleicht auch um astronomische Beobachtungen.

Aus dem Hohle Fels bei Schelklingen konnten dann 1999 bis 2008 bei Grabungen von Nicholas Conard ebenfalls figürliche Kunstwerke gefunden werden. So gibt es einen Pferdekopf, die Darstellung eines Wasservogels und eine winzige Figur, die in der Darstellungsform sehr dem Löwenmenschen aus dem Hohlenstein-Stadel ähnelt, und deshalb auch der „Kleine Löwenmensch" genannt wird. Die herausragende Figur ist aber die 2008 gefundene „Venus vom Hohle Fels". Es handelt sich eindeutig um eine Frauendarstellung mit großen, ausladenden Brüsten und einer deutlich herausgearbeiteten Vulva. Sie hat ihre beiden Hände vorne auf dem Bauch liegen. Die Beine sind im Vergleich zum Rest verkümmert dargestellt. Die Figur ist über und über mit parallelen Linien verziert. Ob es sich hierbei um Kleidung, Bemalung oder anderen Körperschmuck handelt, kann nicht genau bestimmt werden. Auffallend ist, dass die Figur keinen Kopf hat. Dort, wo der Hals ansetzten sollte, befindet sich eine relativ eben Fläche, auf der, leicht nach links versetzt, eine kleine Öse herausgearbeitet ist. Auch diese Figur wurde also offenbar als Anhänger getragen. Die Venus vom Hohle Fels wurde in der untersten Aurignacienschicht gefunden. Unweit von ihr lag eine Gänsegeierknochenflöte. Die Venus vom Hohle Fels ist bis auf den heutigen Tag die älteste uns erhaltene Menschendarstellung weltweit! Und damit reiht sie sich hervorragend in die Liga der archäologischen Sensationen der Schwäbischen Alb ein.

Doch welche Bedeutung hatten diese ersten figürlichen Kunstwerke für die Menschen? Ganz genau können wir das heute natürlich nicht mehr sagen, schließlich können wir den Menschen von damals nicht in die Köpfe schauen. Doch es gibt einige Anhaltspunkte. Viele der Figuren haben eine auffällige Politur, die vom Tragen und Hantieren mit diesen Figuren stammt. Sie wurden nach der Herstellung über einen längeren Zeitraum mit sich herumgetragen – manche als Anhänger, manche vielleicht in Beuteln. Sie sind sehr persönliche Gegenstände, die vielleicht eine Funktion als Amulett besaßen. Die meisten der Figuren tragen eine Reihe von Zeichen: Linien, Punkte, Kreuzlinien aber auch komplexere Muster. Wurden so Informationen und Gedanken ‚niedergeschrieben'? Hat man Zeit oder Einheiten festgehalten? Bergen diese Zeichen vielleicht einen tieferen Sinn? Die Auswahl der Motive zeigt ebenfalls interessante Aspekte. Zwar sind die meisten Figuren Tierdarstellungen, aber wir finden auch in jeder der vier Höhlen, die Kunstwerke aus dem Aurignacien geliefert hat, Darstellungen von Menschen: die anthropomorphe Figur aus dem Vogelherd, die beiden Mischwesen Löwenmensch aus dem Hohlenstein-Stadel und sein kleines Pendant aus dem Hohle Fels, der Adorant aus dem Geißenklösterle und die Venus vom Hohle Fels. Wenn die Tiere auch deutlich im Vordergrund stehen, so findet der Mensch doch seinen Platz in diesem Ensemble. Die Tiere, die am häufigsten dargestellt werden sind Löwe, Mammut, Bison und Pferd. Diese Tiere sind alle sehr kräftige, beeindruckende und schöne Wesen. Doch auch kleinere Tiere wie Fisch und Vogel werden modelliert. Vergegenwärtigt man sich, dass diese Menschen Jäger und Sammler waren, von ihrer Umwelt abhingen und inmitten dieser mächtigen Tiere lebten, verwundert es nicht, dass sie diese wiedergaben. Vielleicht verbanden sie bestimmte mythische Vorstellungen mit Löwen und Mammuts? Vielleicht schrieben sie so die Geschichte ihres Stammes? Auf jeden Fall hatten die Tiere einen Platz mitten im Leben dieser Menschen. Bis auf den Hohlenstein-Stadel sind alle Höhlen ausgewiesene Wohnplätze an denen die Menschen geschlafen, gegessen und gearbeitet haben. Kunst mitten im Leben. Die Figur, die deutlich heraussticht, ist der Löwenmensch. Sie ist wesentlich größer als alle anderen und unterscheidet sich auch ohne Zweifel im Motiv. Ein Mischwesen – eine Vereinigung menschlicher und tierischer Attribute. Etwas, das in dieser Form nicht in der Umwelt beobachtet werden kann. Hier spürt man deutlich, dass diese Figur auf eine Sphäre menschlichen Denkens hinführt, die man mit Fug und Recht als Religion bezeichnen kann. Auch ihre Fundlage, im hinteren Teil einer dunklen Höhle, in einer Nische, abseits jeglicher Wohnaktivität, betont den besonderen Charakter dieser Figur.

Auch wenn wir niemals endgültig herausfinden werden, was genau die paläolithischen Menschen in diesen Figuren gesehen haben, so kann man sich doch annähern. Ihre Ausstrahlungskraft, ihr Reiz und auch ihre geheimnisvolle Aura sind bis heute erhalten und verzaubern uns immer wieder.

Eiszeit – eisige Zeiten?

Ewa Dutkiewicz

Eisstürme, dicke Schneeflocken, die vom eisigen Wind durch die Landschaft gepeitscht werden – eine lebensfeindliche Umwelt, in der die Menschen am Existenzminimum um ihr Leben bangen und am kleinen flackernden Feuer in dunklen Höhlen kauern, die Fellumhänge um die nackten und schutzlosen Köper geschlungen. Einige tapfere und haarige Männer stehen mit der Keule in der Hand Wache, während die halbnackten Frauen und schmutzigen Kinder verängstigt und mit großen Augen nach draußen lugen. So ähnlich wird das Leben in der Eiszeit häufig in Romanen, Filmen und Zeichnungen skizziert. Ein Bild, das nur so strotzt von überkommenen und nicht nachweisbaren Vorstellungen, angefüllt mit falschen Informationen und Klischees. Doch wie sah das Leben in der Eiszeit aus? Eiszeit – was genau ist eine Eiszeit?

Das Klima verändert sich ständig. Heutzutage leben wir in einer Warmzeit. In der Gegend von Ulm haben wir eine Jahresdurchschnittstemperatur von 7,9°C. Die Sommer sind warm mit viel Niederschlag, die Winter mit durchschnittlich bis zu -1,7°C sind relativ kalt mit weniger Niederschlag. Das warme und feuchte Klima sorgt für eine bewaldete Landschaft, die ohne den Eingriff des Menschen eine geschlossene Walddecke bilden würde. Dementsprechend ist die Tierwelt an warmes Klima angepasst. Die Tiere die heutzutage in Mitteleuropa leben, sind Rothirsch, Reh, Wildschwein und Fuchs. Natürlich würden hier auch Wölfe, Braunbären und Luchse vorkommen, wenn der Mensch sie nicht aus ihrem Lebensraum verdrängt hätte.

Doch wie sah es hier in der Eiszeit aus? Als man begann, das Klima vergangener Zeiten zu erforschen, konnte man Eiszeiten nur über die abgelagerten Endmoränen der Gletschervorstöße bestimmen. Von Skandinavien und von den Alpen her dehnten sich riesige Gletschermassen aus. Die nördlichen Gletscher sind in der vorletzten, der Riss-Eiszeit, sogar bis südlich von Berlin vorgedrungen, die Gletscher der Alpen bis an die Donau heran. Anhand der weitesten Vorstöße wurden die Eiszeiten dann benannt. Die letzte Eiszeit, die vor rund 10.000 Jahren endete, heißt Würm-Eiszeit.

Heutzutage können wir das Klima vergangener Zeiten sehr gut rekonstruieren. Dazu verwendet man Tiefsee- und Eisbohrkerne, die mit ihren jährlichen Ablagerungen ein ideales Klimaarchiv bilden. Temperaturschwankungen wirken sich auf den Gehalt von Sauerstoffisotopen im Meerwasser aus. Ist das Weltklima warm, so verdunstet eine größere Menge des schwereren Sauerstoffisotops ^{18}O und gelangt in die Atmosphäre. Über den Niederschlag gelangt folglich mehr in die jährlichen Ablagerungen in den Gletschern, als dies in einer Kaltzeit der Fall wäre. So kann man Schicht für Schicht das Verhältnis von ^{18}O zu ^{16}O im Gletschereis messen und erhält so eine Kurve, die wärmeres oder kälteres Klima anzeigt. Die Ablagerungen in der Tiefsee zeigen das gleiche Bild, nur umgekehrt. Dort ist in Warmzeiten weniger des schwereren ^{18}O vorhanden. Die Klimakurven zeigen ganz deutlich, dass es innerhalb der Warm-, vor allem aber der Kaltzeiten, viele Schwankungen gibt. So kann es kurze Erwärmungsphasen in einer Kaltzeit geben, aber auch kältere Phasen in einer Warmzeit. Das Klima ändert sich ständig.

Wie kommt es zu diesen Klimaschwankungen? Der serbische Mathematiker und Geophysiker Milutin Milanković hat eine Erklärung dafür gefunden.

Die Erde läuft auf einer Umlaufbahn um die Sonne. Doch diese Umlaufbahn bildet keinen gleichmäßigen Kreis. Zunächst bildet die Umlaufbahn der Erde um die Sonne eine Ellipse. Diese ist aber nicht immer gleich, sondern sie schwankt von fast kreisförmig zu leicht elliptisch. Dieses Phänomen nennt man Exzentrizität. Je nachdem, wie stark die Ellipse von einer kreisförmigen Umlaufbahn abweicht, gelangt mehr oder weniger Sonnenenergie auf die Erde. Die Schwankung der Ellipse verläuft in einem Zyklus von etwa 413.000 Jahren. Die Neigung der Erdachse verändert sich ebenfalls. Sie schwankt zwischen 22,1° und 24,5°. Diese Schwankung bewirkt, dass im jahreszeitlichen Rhythmus mehr oder weniger Sonneneinstrahlung auf die Halbkugeln trifft. Dieser Zyklus verläuft in einem Zeitraum von ca. 41.000 Jahren. Ein weiterer wichtiger Zyklus ist die so genannte Präzession. Wie bei einem Kreisel taumelt die Erdachse um die Senkrechtstellung herum. Dies führt dazu, dass die Jahreszeiten nicht immer zu gleichen Zeiten auf die Erde treffen. Eine vollständige Drehung dauert etwa 26.000 Jahre. Die sich wiederholenden Muster dieser drei Einflüsse, Exzentrizität, Neigung der Erdachse und Präzession, nennt man Milanković-Zyklen. Sie führen dazu, dass unterschiedlich viel Sonnenenergie auf die Erde trifft und dadurch eine Erwärmung oder Abkühlung des Weltklimas hervorgerufen wird.

Wie wirkt sich ein kaltes Klima in Europa aus? Heutzutage genießen wir hier ein relativ mildes Klima, obwohl in unseren Breitengraden eher kältere Verhältnisse herrschen müssten. Wir haben jedoch einen Wärmeenergielieferanten: den Golfstrom. Er tankt im Golf von Mexiko viel Wärme auf und bringt auf seiner Reise über den Atlantik eine unvorstellbar große Menge an warmer und feuchter Luft nach Europa. Diesem Phänomen haben wir unsere milden Winter und die lange Vegetationsperiode zu verdanken. Vergleicht man damit die Verhältnisse auf dem amerikanischen Kontinent, so sieht man, dass auf denselben Breitengraden kühlere Klimaverhältnisse herrschen. In Kanada wundert man sich nicht über Karibus, doch man stelle sich vor, Rentiere und Moschusochsen würden durch Süddeutschland streifen. Dabei befindet man sich auf ein und demselben Breitengrad! Dies ist nichts im Vergleich zu den Verhältnissen in Europa während der Eiszeit. Bedingt durch astronomische Phänomene gelangte weniger Sonnenenergie auf die Erdkugel, und das weltweite Klima kühlte sich ab. So breiteten sich die Skandinavischen Eisschilde immer weiter aus. Auch die Alpinen Gletscher erreichten eine imposante Ausdehnung, die fast bis in das Donautal hinein reichte. Immer mehr Wasser wurde in den kilometerdicken Eismassen gespeichert und somit dem Wasserkreislauf entnommen. Dadurch sank der Meeresspiegel fortwährend und lag bis zu 120 m tiefer als heute. Die großen Eisflächen reflektierten die Sonneneinstrahlung in das Weltall zurück, und so wurde es immer kälter und kälter. Durch das kalte Klima verdunstete immer weniger Wasser. Es gab während der Eiszeit nur sehr wenig Niederschlag. Schneestürme mit dicken Schneeflocken waren deswegen eher selten. Die Menschen der Eiszeit hatten meist sonnige Tage mit strahlend blauem Himmel. Es war im Durchschnitt sehr kalt, aber auch sehr trocken. Die andauernde Kälte ließ den Boden gefrieren. Wie in der Tundra heutzutage gab es in Mitteleuropa Permafrostboden, ein Boden, der ganzjährig gefroren ist und nur in den Sommermonaten oberflächlich auftaut.

Pflanzen und Tiere der Eiszeit

Ewa Dutkiewicz

Die Pflanzenwelt war bestens an das kalte, eiszeitliche Klima angepasst. Pflanzen, die heute in nördlichen Regionen oder auch im Hochgebirge vorkommen, waren in ganz Europa verbreitet. Über Funde von Pflanzenresten, z. B. die widerstandsfähigen Pollen, kennen wir die Pflanzenwelt der Eiszeit sehr gut. Typische Pflanzen der Eiszeit sind Kräuter wie Wermut, Sauerampfer, Wegerich, Knöterich, verschiedene Gräser, Zwergformen von Birke, Weide und Kiefer sowie Moltebeere, Preiselbeere und Krähenbeere. Vergleiche mit der Tundra oder Grönland drängen sich auf, jedoch gibt es Unterschiede zur eiszeitlichen Landschaft Mitteleuropas. Während Tundrengebiete heute auf Regionen im hohen Norden beschränkt sind, die einen sehr niedrigen Sonnenstand mit mehrmonatiger Polarnacht haben, war der Winkel des Sonnenstandes in unseren Breiten in der Eiszeit der gleiche wie heute. Die Menge an Sonnenlicht im Jahr war also genauso hoch wie heutzutage. Zwar hatten die Pflanzen mit einem harten und sehr kalten Winter zu kämpfen, begann aber der Frühling, konnten die Temperaturen kurzzeitig das uns bekannte Niveau erreichen. Die oberen Bodenschichten tauten auf und lieferten den Pflanzen reichlich Wasser. Sonnenlicht fiel durch den wolkenfreien Himmel genügend. Die Vegetation explodierte am Beginn der warmen Jahreszeit regelrecht. Die Temperaturen im Winter waren ca. 20°C niedriger als heute, die Sommerdurchschnittstemperaturen lagen aber nur 10°C tiefer. Sommertage mit 25°C waren durchaus möglich, auch wenn sie selten vorkamen.

Die überaus reiche Vegetation der so genannten Mammutsteppe bot genügend Nahrung für eine Vielzahl von Pflanzenfressern. Riesige Herden von kälteangepassten Großsäugern wie Steppenbisons, Rentieren und Wildpferden durchstreiften die offene Landschaft Europas. Zeitweise war es so kalt, dass Rentiere, die heute nur noch zirkumpolar zu finden sind, ihren Lebensraum bis auf die Iberische Halbinsel ausdehnen konnten. Moschusochsen, die sehr kaltes und trockenes Klima brauchen, konnten sich ebenfalls bis nach Südeuropa ausbreiten. Eher alleine oder in kleinen Gruppen waren Wollnashörner, Höhlenbären und Riesenhirsche unterwegs. Wollnashörner sind eng verwandt mit den afrikanischen Nashörnern und trugen zum Schutz vor der Kälte ein dickes Fell. Riesenhirsche mochten ein etwas milderes Klima, in dem sie für den Aufbau ihrer Geweihe mit bis zu vier Metern Spannweite genügend gute Nahrung fanden. Höhlenbären waren, wie wir von Isotopenuntersuchungen wissen, Vegetarier. Ihre Knochen sind massenhaft in Höhlenablagerungen zu finden. Oft starben sie während ihres Winterschlafs, und so sammelten sich über die Jahrhunderttausende ihre Skelettreste in den Höhlen an. Viele kleinere Tiere wie die Saiga-Antilope, der Lemming, Schneehase, Eisfuchs und das Schneehuhn waren ebenfalls zu finden. Mächtige Höhlenlöwen, die sogar etwas größer waren als heutige afrikanische Löwen, durchstreiften die Landschaft auf der Suche nach Beute. Sehr zum Ärger der Löwen war auch die Höhlenhyäne überall zu finden, die mit dem Löwen um die Nahrung konkurrierte. Sie war zwar um einiges kleiner als der Löwe, doch jagte sie in Rudeln und konnte ihn von seiner Beute vertreiben.

Das wohl bekannteste Tier der Eiszeit ist das Mammut. Es bewohnte die kaltzeitlichen Steppen Eurasiens und Nordamerikas. Nach diesem Tier wird

Die wichtigsten Beutetiere der Eiszeit. Mammut, Riesenhirsch, Steppenbison (oben, von l. nach r.), Wollnashorn, Wildpferd, Rentier, Moschusochse, Schneehase (unten, von l. nach r.) ©Archäopark Vogelherd.

das eiszeitliche Ökosystem auch Mammutsteppe genannt. Es war keineswegs so riesig, wie oft vermutet wird. Mit einer Schulterhöhe von max. 3,75 m war es etwas kleiner als heutige afrikanische Elefanten. Über sein Aussehen und seine Lebensweise wissen wir nicht nur durch die gefundenen Skelette Bescheid, sondern auch durch zahlreiche paläolithische Darstellungen und gefrorene Eismumien, die immer wieder aus dem Permafrostboden in Sibirien auftauen. Mammuts besaßen ein flauschiges Fell und eine dichte Unterwolle, die von bis zu einen Meter langem Deckhaar bedeckt war. Die rötliche Fellfarbe der Eismumien ist auf einen Alterungsprozess zurückzuführen. Die Tiere hatten eine dunkelbraune bis schwarze Fellfarbe. Zusätzlich zu diesem Wärmeschutz besaß das Mammut je nach Körperregion eine bis zu sechs Zentimeter dicke Haut sowie eine bis zu 9 cm dicke Fettschicht. Trotz dieser guten Isolation war das Mammut anfällig gegen Regen, da es keine Talgdrüsen in der Haut besaß, mit denen es sein Fell einfetten konnte. Die Ohren waren auffallend klein und verschwanden unter dem dichten Fell um vor der Kälte geschützt zu sein. Der Rüssel war das Greiforgan des Mammuts und unterschied sich in der Form von dem des indischen und afrikanischen Elefanten. Beim Mammut stand dem oberen Finger eine breite Schwiele am unteren Rand gegenüber. Die Stoßzähne waren bis zu vier Meter lang und stark gekrümmt. Wenn sie aus dem Oberkiefer austraten wuchsen sie zunächst etwas nach außen, bogen dann in einer großen Spirale nach oben und innen um, so dass sich am Ende des Wachstums die beiden Enden gegenüber standen. Männliche und weibliche Tiere trugen Stoßzähne, wobei die der Männchen wesentlich imposanter waren. Die Stoßzähne waren mit Sicherheit wichtige Schau-Organe der männlichen Tiere, die zur Rangstellung in der Gruppe beitrugen. Charakteristische Abnutzungsspuren belegen außerdem, dass die Tiere die Stoßzähne über den Boden schoben, um ihre Nahrung von Schnee und Eis zu befreien.

Sechs Backenzähne in jeder Hälfte des Ober- und Unterkiefers vervollständigen das Gebiss. Diese waren aber nicht alle gleichzeitig in Gebrauch, sondern wurden durch einen horizontalen Zahnwechsel von hinten nach vorne nacheinander abgekaut. Die Lebensdauer der Zähne bestimmte die Lebensdauer des Tieres. Somit wird die maximale Lebensdauer eines Mammuts auf ca. 60 bis 70 Jahre geschätzt. Wie seine heute noch lebenden Verwandten, die Elefanten, war das Mammut sehr wahrscheinlich ein Herdentier. In matriarchalisch organisierten Familienverbänden von bis zu 20 Tieren durchzogen die Muttertiere mit ihrem Nachwuchs die Mammutsteppe. Die Bullen führten ein weitgehend einzelgängerisches Dasein. Aufgrund des Klimas fand die Brunft vermutlich im Sommer statt. Nach 22 Monaten Tragzeit wurde das Jungtier dann im Frühjahr mit einem Gewicht von rund 90 kg geboren.

Die kleinen Gruppen durchstreiften in jahreszeitlichen Wanderungen die Mammutsteppe, in der sie ein vielfältiges Nahrungsangebot aus saftigen Kräutern und harten, relativ nährstoffarmen Gräsern fanden. Der Mageninhalt mehrerer Eismumien zeigt abwechslungsreiche Ernährung mit Fuchsschwanzgräsern, Gerste, Strauchgräsern, Salzschwaden und Seggen sowie Hahnenfuß und Moosen. In geringem Umfang kamen auch Reste von Weiden, Erlen und Kiefern vor. Der Bedarf eines ausgewachsenen Mammuts lag bei ca. 150 bis 300 kg Pflanzennahrung täglich.

Neben der Pflanzennahrung benötigte das Mammut große Mengen an Wasser. Durchschnittlich verbrauchte es 70 bis 90 Liter am Tag. Ausgewachsene Mammuts hatten keine natürlichen Feinde. Jungtiere dagegen wurden ab und zu von großen Raubtieren wie Höhlenlöwen gerissen. Der Mensch mit seinen Distanzwaffen konnte dem Mammut durchaus gefährlich werden. Darüber hinaus gab es aber verschiedenste Gefahren, denen ein Mammut im Lauf seines Lebens ausgesetzt war. Rutschige Hänge, hochwasserführende Flüsse im Frühjahr oder aufgetauter Permafrostboden konnten zu schweren Stürzen bis hin zum Tod einzelner Tiere führen. Möglicherweise ist ein Großteil der Eismumien auf solche Ereignisse zurückzuführen.

Das Mammut zog sich nach dem Kältemaximum der letzten Eiszeit schrittweise aus Mitteleuropa zurück. Bereits vor 18.000 Jahren kam es nur noch selten vor, doch wurde es im Magdalénien, also vor ca. 15.000 -12.000 Jahren, noch häufig in der Kunst dargestellt. Auf der Wrangel-Insel in der

Beringsee vor Sibirien fand man Überreste kleinwüchsiger Mammuts, die auf ein Alter von 5700 Jahren datiert werden konnten. Zu dieser Zeit wurden in Ägypten bereits die ersten Pyramiden errichtet.

Kinder der Eiszeit

Ewa Dutkiewicz

Wir leben im Eiszeitalter. Das Quartär, der jüngste geologische Zeitabschnitt unserer Erde, begann vor rund 2,6 Millionen Jahren. Das Quartär ist eine Zeit von starken Schwankungen von Kalt- und Warmperioden. Nachdem zunächst die riesige Landmasse der Antarktis vergletscherte und den Südpol dauerhaft unter Eis begrub, begann vor etwa 2,6 Millionen Jahren auch der Nordpol zu vereisen. Seit dieser Zeit sind die Pole dauerhaft vereist und deshalb nennt man diese Epoche auch Eiszeitalter. Dies ist auch der Zeitraum, in dem sich der Hauptteil der menschlichen Evolution abgespielt hat. Wir sind also Kinder der Eiszeit, auch wenn uns das heute mit unseren warmen Jahresdurchschnittstemperaturen recht merkwürdig vorkommt. Das Eiszeitalter ist geprägt von starken Klimaschwankungen, so dass wir heute Eiszeiten (besser Kaltzeiten oder Glaziale) und Warmzeiten (Interglaziale) unterscheiden. Heutzutage leben wir in einer Warmzeit, dem Holozän.

Doch wieso haben wir kein dichtes Fell, wenn wir die meiste Zeit unseres Daseins in Kaltzeiten verbracht haben, so wie die Mammuts oder die Wollnashörner? Die Antwort ist ganz einfach, wir stammen aus Afrika.

Auf dem afrikanischen Kontinent finden wir eine gute Überlieferung unterschiedlicher Vor- und Frühmenschenformen. Besonders Ost- und Südafrika spielen in der menschlichen Evolution eine bedeutende Rolle. Über die Jahrmillionen haben sich verschiedene Hominiden entwickelt, darunter die bekannten Australopithecinen. Von ihnen gab es mehrere Arten und ein guter Kandidat als unser direkter Vorfahr ist *Australopithecus afarensis*. Dieser lebte vor etwa 3,8 bis 2,9 Millionen Jahren im Osten Afrikas. Er ging bereits aufrecht und hatte ein verhältnismäßig großes Gehirn, besaß aber noch einige affenähnliche Merkmale.

Die nächsten bedeutenden Vertreter unserer Ahnenreihe sind *Homo rudolfensis* und *Homo habilis*. Beide lebten vor rund 2,5 bis 1,5 Millionen Jahren. Die ältesten gefunden Steinwerkzeuge werden *Homo habilis* („der fähige Mensch") zugeschrieben. Hier beginnt das Abenteuer des Weges zum modernen Menschen, und ab diesem Zeitpunkt können wir unsere Geschichte mit archäologischen Methoden untersuchen. Vor rund 1,9 Millionen Jahren entwickelte sich eine neue Menschenart, *Homo ergaster*, der sich stetig verändert und dann *Homo erectus* genannt wird. *Homo erectus* ist die erste Menschenart, die den afrikanischen Kontinent verlässt. Diese Theorie nennt man „Out-of-Africa I". Zunächst finden wir seine Spuren in Georgien (Dmanisi) vor etwa 1,75 Millionen Jahren. Er breitet sich schließlich bis nach Südostasien aus und gelangt dann vor 600.000 Jahren bis in unsere Region. Diese späte Form des *Homo erectus* nennt man *Homo heidelbergensis*. Der namengebende Fund, der Unterkiefer von Mauer bei Heidelberg, ist bis heute der älteste gefundene Vertreter seiner Art nördlich der Alpen. Zu der Zeit, als *Homo heidelbergensis* in unsere Breiten einwandert, ist gerade Warmzeit. Das Klima ist also ähnlich wie heute, teilweise sogar etwas wärmer. Dennoch können die Winter durchaus unangenehm kalt werden. Der Mensch musste also bereits über kontrollierte Feuernutzung, Kleidung und die Möglichkeit zur Jagd verfügen. Dass er dies erfolgreich konnte, belegen Funde von Holzspeeren aus der ca. 350.000 Jahre alten Fundstelle Schöningen bei Braunschweig. Da *Homo heidelbergensis* gut in Europa leben konnte, blieb er auf diesem Kontinent und passte sich über viele Generationen an. Das Ergebnis war der wohl bekannteste Urmensch, unser Vorgänger in Europa, der Neandertaler.

Der Neandertaler wird auch *Homo sapiens neanderthalensis* genannt. Dies zeigt, wir nahe wir uns stehen. Diese Menschenform erscheint vor etwa 250.000 Jahren. Sie ist in weiten Teilen Europas zu finden und hat sich bis nach Zentralasien ausgebreitet. Die östlichsten Nachweise für Neandertaler finden wir im sibirischen Altai-Gebiet, die Südostgrenze ihres Ausbreitungsgebietes liegt im Vorderen Orient.

Der Neandertaler war bestens an ein Leben in Europa angepasst: Er hatte einen kurzen, gedrungenen Körperbau, mit dem er besser seine Körperwärme speichern konnte. Er war überaus kräftig, und bestens für die Jagd auf Großwild ausgerüstet. Die Neandertaler lebten als mobile Jäger und Sammler in kleinen Gruppen auf dem ganzen Kontinent verstreut. Sie hatten eine fein ausgetüftelte Steinbearbeitungstechnik und lebten in kleinen Camps unter Felsüberhängen, in Höhlen oder auch im Freiland. Sie haben mehrere Kalt- und Warmzeiten überlebt.

Doch während in Europa der Neandertaler lebte, entwickelte sich in Afrika eine andere Menschenart: der *Homo sapiens sapiens*, auch anatomisch moderner Mensch genannt. Unsere Art ist seit ca. 200.000 Jahren belegt.

Vor rund 100.000 Jahren breitet sie sich schließlich von Afrika aus („Out-of-Africa II“) und begegnet vermutlich im Vorderen Orient dem Neandertaler. Genetische Untersuchungen zeigen, dass alle heutigen Nicht-Afrikaner bis zu vier Prozent ihres Erbmaterials vom Neandertaler haben. Dies bedeutet, dass sich diese beiden Arten, nachdem der moderne Mensch Afrika verlassen hat, vermischt haben müssen. Vermutlich fand das vor rund 100.000 Jahren im Vorderen Orient statt. Danach breitet sich der moderne Mensch weiter aus. Vor rund 50.000 Jahren erreicht er Australien, erst vor ca. 45.000 Jahren gelangt er nach Europa.

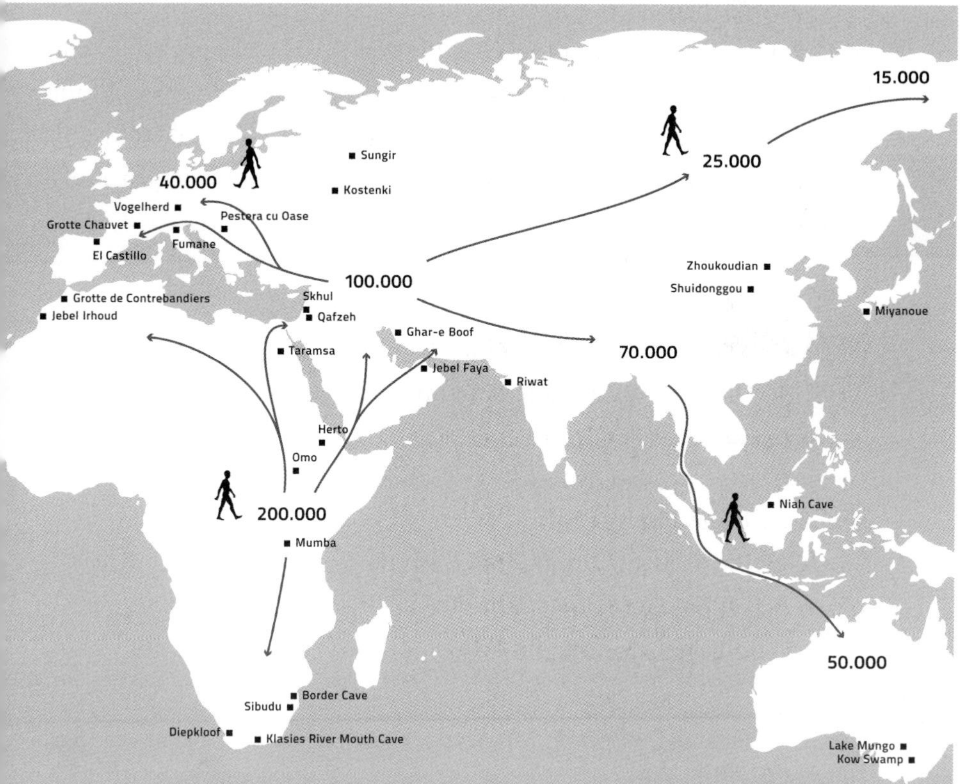

ie Ausbreitung des modernen Menschen von Afrika nach Asien und Europa ©Archäopark Vogelherd

Zu dieser Zeit herrscht in Europa die letzte Kaltzeit, die Würm-Eiszeit. Doch die Kälte hat die Menschen nicht von einer Ausbreitung abgehalten. Im Gegenteil, mit neuen Jagdmethoden im Gepäck und einer komplexen sozialen Organisation besiedeln die modernen Menschen den gesamten Kontinent innerhalb von ein paar tausend Jahren. Schrittweise zieht sich der Neandertaler zurück, bis sich vor ca. 27.000 Jahren seine Spuren in Gibraltar verlieren. Übrig bleibt nur der anatomisch moderne Mensch. Bestens ausgerüstet konnten sich ihm weder Wind noch Wetter entgegenstellen. Auch wenn uns die Eiszeit heute unwirtlich vorkommt, für Menschen, die auf die Jagd angewiesen sind, herrschten paradiesische Zustände. In der offenen Landschaft grasten riesige Tierherden, die man schon von Weitem ausmachen konnte. Fernwaffen erleichterten die Jagd, und die Kälte machte das Fleisch lange genießbar. Man hatte gute Kleidung, ordentliche Zelte und beherrschte das Feuer bereits seit einer Million Jahren. Die besten Voraussetzungen also, in der Eiszeit zu leben.

Von Jägern und Sammlern

Ewa Dutkiewicz

Wenn wir heute Hunger haben, gehen wir in den Supermarkt und kaufen Brot, Gemüse, Fleisch, Obst und alles, worauf wir Lust haben. Ein Bauer hat seinen Acker bestellt, Körner ausgesät, die Pflanzen gepflegt und geerntet. Viehzüchter halten Herden. Sie züchten die Tiere, ernähren sie und suchen aus, welche Tiere geschlachtet werden sollen. Unsere Nahrung produzieren wir also. Das war nicht immer so. Bevor die Menschen vor rund 10.000 Jahren Ackerbau und Viehzucht erfanden, haben sie alles, was sie zum Leben brauchten, aus der Natur entnommen. Pflanzen mussten gesammelt werden und Tiere gejagt. Man nennt die Menschen, die auf diese Weise ihren Lebensunterhalt bestreiten, Jäger und Sammler oder auch Wildbeuter. In der gesamten Menschheitsgeschichte waren wir überwiegend Jäger und Sammler.

Wenn man an die Menschen der Eiszeit denkt, so hat man oft mutige Jäger vor Augen: bärtige, grimmig dreinblickende Männer, die mit langen Holzspeeren auf ein wütendes Mammut losgehen. War das so? In Ausgrabungen finden wir neben den zahlreiche Steinwerkzeugen und anderen Artefakten aus organischem Material sehr viele Tierknochen – die Essensreste der steinzeitlichen Menschen. Schaut man sich die Tierknochen genau an, so kann man sehen, welche Tiere die Menschen damals verspeist haben. Auch wenn große Tiere wie Mammut oder Wollnashorn hin und wieder vorkommen, so machen den Hauptanteil der Beute die leichter zu jagenden Wildpferde und Rentiere aus. Die Tiere haben fast alles geliefert, das man zum Überleben brauchte. Das Fleisch und das nahrhafte Fett waren besonders begehrt. Aus den Häuten wurden Leder und Pelze gewonnen, die in der kalten Umwelt unabdingbar waren. Die Sehnen wurden zu Schnüren verarbeitet, und die Knochen und Geweihe konnten zu Werkzeugen hergerichtet werden. In der baumarmen Steppenlandschaft war Holz rar, und so wurden die Knochen der Tiere als Brennmaterial verwendet. Aus dem Talg konnten Lampen oder Salben hergestellt werden. Demnach konnte man Nahrung, Kleidung, Baumaterial und Werkzeuge aus einem erbeuteten Tier gewinnen.

Wie sieht es mit anderen Rohstoffen aus? Ein wesentlicher Teil unserer Ernährung sind Pflanzen. Leider erhalten sich pflanzliche Rückstände in den archäologischen Schichten äußert selten. Dennoch wissen wir gut über die damalige Pflanzenwelt Bescheid. Pollen sammeln sich gerne an der Wasseroberfläche und sinken langsam zu Boden. Findet man solche alten Seeablagerungen, kann man untersuchen, welche Pflanzen zu bestimmten Zeiten gewachsen sind. Wenn die Erhaltungsbedingungen besonders gut sind, kann man manchmal auch größere Pflanzenrückstände finden. Deswegen wissen wir, welche Pflanzen den Menschen zur Verfügung standen, und können so Rückschlüsse ziehen, wie sie diese genutzt haben könnten.

Isotopenuntersuchungen an den Knochen steinzeitlicher Menschen belegen außerdem, dass sie sich nicht ausschließlich tierisch ernährt haben. Je nach Saison standen unterschiedliche Pflanzen zur Verfügung. Man konnte Blätter und Samen sammeln, Beeren und Früchte pflücken, Wurzeln ausgraben oder auch die Rinde von Bäumen nutzen. Auch Gewürzpflanzen werden mit Sicherheit gesammelt worden sein. Pflanzen spielen ebenso in der Medizin eine wichtige Rolle. Viele Pflanzen haben irgendeinen medizinischen Wirkstoff in sich, z.B. die in der Eiszeit weit verbreitete Weide den Wirkstoff Salicylsäure, aus dem heute Aspirin gewonnen wird. Sicherlich wussten die Menschen über die verschiedenen Wirkungen der Pflanzen Bescheid und haben Wundsalben, Mittel gegen Bauchweh, blutungsstillende Mittel und Arzneien für die verschiedenen Leiden gekannt. Man kann sich gut vorstellen, dass die Behandlung mit magischen Ritualen verstärkt worden ist.

Doch gab es immer nur Steak und Salat? Der Speisezettel wurde bestimmt auch mit vielen leckeren Spezialitäten angereichert. So finden wir in den Schichten des Aurignaciens Fischknochen, die auf die Nutzung dieser Ressource deuten. Das Sammeln von Vogeleiern, Pilzen, Schnecken, Honig und Insekten gehörte sicherlich zur Tagesordnung, auch wenn dies für uns heute nicht mehr nachweisbar ist. Hatte die Jagd auf große Tiere eine wichtige Bedeutung, so zeigt sich bei näherer Betrachtung, dass das ‚täglich Brot' wohl eher über die Sammel-Tätigkeit bestritten wurde. Kleintierjagd mit Fallen und Netzen, Fischen und das Plündern von Vogelnestern passen zwar nicht ganz in unser Bild vom heroischen Eiszeitjäger, doch ist ein großer Teil der Nahrung auf diese Weise leicht und verlässlich zu besorgen.

Zuhause ist da, wo du dich wohl fühlst

Ewa Dutkiewicz

Wenn man seine Nahrung aus der Umgebung entnimmt, so liegt es auf der Hand, dass nach einer gewissen Zeit immer weniger im Umkreis zu finden ist. Die Tiere meiden irgendwann dieses Gebiet und die Pflanzen sind abgesammelt. Auch findet man nicht zu allen Jahreszeiten überall dasselbe Nahrungsangebot. Deshalb sind Menschen, die von der Jagd und vom Sammeln leben, darauf angewiesen, immer wieder in neue Gebiete zu ziehen. Selten wird sich eine Gruppe länger als einige Monate an einem Platz aufgehalten haben. Deshalb ist es unnötig feste Häuser zu bauen. Für ein mobiles Leben sind Zeltkonstruktionen, die schnell auf- und wieder abgebaut werden können, sinnvoller. Wie die Zelte in der Altsteinzeit aussahen, wissen wir nicht, denn die Holzstangen und Häute, aus denen sie gebaut waren, erhalten sich nicht. Über Strukturen im Boden, größere Steine, die zum Beschweren der Felle gedient haben und über Feuerstellen können wir aber die Grundrisse der Zelte rekonstruieren. Man zog durch die Lande und schlug an verschiedenen Orten das Lager auf. So finden wir oft Siedlungsreste in Höhlen oder unter Felsüberhängen. Die Menschen haben aber auch im Freiland gesiedelt, doch Spuren solcher Stationen finden sich heute nur noch sehr selten.

Es gibt kein schlechtes Wetter, es gibt nur schlechte Kleidung

Ewa Dutkiewicz

Niedrige Temperaturen, eisiger Wind und kurze Sommer. Keiner würde mit einem bloßen Fell beworfen vor die Tür gehen, und trotzdem hält sich dieses Bild hartnäckig. Welche Kleidung stand den Menschen der Eiszeit zur Verfügung? Sehr wichtig waren Felle und Leder. Mit natürlichen Methoden konnte man die Häute gerben und sie so haltbar und weich machen. Ahlen, mit denen Löcher vorgebohrt werden konnten, oder später auch Nadeln mit Ösen, sind aus zahlreichen Fundstellen bekannt. Als Faden konnten Sehnen, Darm, Haare und auch pflanzliche Fasern dienen. So konnte bequeme und funktionale Kleidung hergestellt werden. Bei Temperaturen weit unter dem Gefrierpunkt war es von Vorteil, eine ordentliche Hose und Jacke zu haben: wind-, wasserdicht und atmungsaktiv. Bequem musste sie sein, denn wenn man umherzog oder auf Jagd ging, durfte die Kleidung nicht behindern.

Doch wie warm hält ein Rentierfell? Rentiere sind an arktische Verhältnisse angepasst. Sie können über mehrere Monate Temperaturen bis -45°C standhalten. Sie besitzen ein dichtes Fell und ihre Haare sind röhrenförmig aufgebaut, so dass eine dicke isolierende Schicht aus Luft zwischen den Haaren gehalten wird. Ein Anorak aus Rentierfell schützt auch einen Menschen optimal gegen eiszeitliche Kälte. War die Funktionalität der Kleidung gesichert, konnte man an die modische Schönheit denken. Viele Perlen und andere verzierende Elemente aus Knochen, Geweih und Mammutelfenbein werden in den archäologischen Ablagerungen gefunden. Man kann sich eine Reihe von Verzierungen der Kleidung ausdenken. Auch der soziale Status und die Gruppenzugehörigkeit kann auf diese Weise offen am Körper gezeigt werden. Die Kleidung dient nicht nur als Schutz vor Kälte, sie ist ebenso wie heute ein soziales Ausdrucksmittel.

Familie, Sippe, Stamm

Ewa Dutkiewicz

Was wissen wir über das soziale Gefüge der paläolithischen Menschen? Es steht fest, dass sie als mobile Gruppen, die jagen und sammeln, nicht zu große Gemeinschaften bilden konnten, zumindest nicht das gesamte Jahr über. Je nach Region und der vorhandenen Biomasse muss die Gruppengröße angepasst werden. Da wir im Einzelnen aber keinerlei Hinweise auf die tatsächlichen Gruppengrößen haben, können wir nur schätzen.

Sicher ist, dass die Neandertaler in kleineren, vielleicht als Familienverband ansprechbaren Gruppen lebten. Das sehen wir daran, dass in den Schichten des Mittelpaläolithikums im Vergleich zum Jungpaläolithikum viel weniger Steinartefakte zu finden sind. Ab dem Aurignacien steigt die Dichte der Artefakte enorm. Also lebten die modernen Menschen in größeren Gruppen und blieben vielleicht auch länger an einem Ort. Doch die Gruppengröße war sicherlich auch flexibel. Eine Gemeinschaft konnte vielleicht 20 - 30 Personen beinhalten (Männer, Frauen, Kinder und Alte), doch traf man sich zu bestimmten Jahreszeiten mit anderen Gruppen, um gemeinsam zu jagen und einige Zeit miteinander zu verbringen. Nach einigen Wochen trennte man sich dann vermutlich wieder, und jeder ging seiner Wege. Dies alles sind natürlich nur Schätzungen, doch kennen wir solche Vorgänge sehr gut aus ethnographischen Beschreibungen von heute noch lebenden Jäger und Sammler-Gruppen. Die Gruppengrößen können stark schwanken, zwischen rund 10 und 500 Personen, abhängig davon, wie die Umwelt es zulasst. In Abhängigkeit zu den zur Verfügung stehenden Ressourcen wandern die Gruppen durch ein Gebiet zwischen rund 30 km^2 bis zu unglaublichen 25.000 km^2. Doch muss man bedenken, dass heute noch existierende Jäger und Sammler-Gruppen an den Rand der noch von Menschen bewohnbaren Gebiete gedrängt wurden und dass die Menschen im Paläolithikum im Zentrum der produktivsten Gegenden lebten.

Wie haben wir uns eine solche Gruppe vorzustellen? Es ist klar, dass alle Mitglieder in solch einer kleinen Gesellschaft Aufgaben übernehmen. Bereits die Kinder üben sich in allen wichtigen Tätigkeiten und unterstützen, wo sie können. Jugendliche haben eine wesentlich stärkere Bedeutung als dies in unserer Gesellschaft der Fall ist. Sie sind zahlenmäßig die stärkste Gruppe und sie stehen in voller Kraft. Der Eintritt in das Erwachsenen-Alter und die vollwertige Beteiligung am Arbeitsaufwand kommt also wesentlich früher als die heutige Norm von 18 Jahren. Es gibt wenige alte Personen, aber auch diese übernehmen ihre definierten Aufgaben innerhalb der Gruppe. Oft hegen wir die Vorstellung, dass die Frauen ängstlich in der Höhle auf die Rückkehr der starken Männer von der Jagd warten. Dies ist, betrachtet man die Gruppengrößen, natürlich vollkommen unwahrscheinlich. Selbst wenn man das Idealbild der zu Hause sitzenden Frau hat, sieht die Realität ganz anders aus. Nicht nur in unseren modernen Gesellschaften, besonders in traditionellen landwirtschaftlichen Gesellschaften und bei Jägern und Sammlern, übernehmen Frauen viele sehr wichtige Aufgaben, zu denen neben der Erziehung der Kleinkinder auch die Beschaffung von Nahrung, Herstellung der Kleidung, medizinische Versorgung und vieles mehr gehört. Auch an der Jagd beteiligen sich Frauen hin und wieder. Man darf also unsere, mittlerweile auch schon überkommenen, Idealvorstellungen über Gesellschaftsstrukturen nicht einfach auf das Paläolithikum übertragen.

Neandertaler und moderne Menschen

Nicholas J. Conard

Ein Hauptereignis in Gustav Rieks „Die Mammutjäger vom Lonetal" ist seine Betrachtung der Begegnung zwischen den Neandertalern und eingewanderten modernen Homo sapiens. In gewissem Sinne könnte man hier den Sieg der neuen, starken Rasse über die unterlegenen Neandertaler sehen, doch muss man sagen, dass Riek auch die Neandertaler in einem durchaus positiven Licht beschreibt. In seiner Erzählung setzt sich der eingewanderte moderne Mensch, den Riek den „Stamm der Mammutjäger" nennt, mit Intelligenz und brutaler Kraft über den „Stamm der Bärentöter" durch. Die Neandertaler werden von den Neuankömmlingen ausgerottet. Heute, mehr als 80 Jahre nach Rieks Ausgrabung am Vogelherd und etwa 60 Jahre nach seiner Veröffentlichung über die Mammutjäger im Lonetal, wissen wir viel mehr als noch zu seiner Zeit. Obwohl wir nicht alle Fragen endgültig geklärt haben, stellen sich einige Eckpunkte deutlich anders dar als in Rieks Epoche.

Zunächst steht seit etwa 25 Jahren fest, dass der moderne Mensch mit unserem Körperbau und unseren geistigen Fähigkeiten aus Afrika stammt und über Südwestasien nach Europa wanderte. Die frühen Datierungen im unteren, mittleren und oberen Donautal, darunter auch im schwäbischen Raum, sprechen dafür, dass die frühmodernen Menschen schnell entlang der Donau nach Mitteleuropa eingewandert sind. Die neuesten Daten vom Geißenklösterle im Achtal dokumentieren die Anwesenheit moderner Menschen in den schwäbischen Höhlen ab etwa 43.000 Jahren vor heute.

Was uns überrascht, und sicherlich Gustav Riek ebenfalls überraschen würde, ist, dass wir in keinem der Fundplätze der Schwäbischen Alb klare Hinweise für eine Begegnung zwischen modernen Menschen und den einheimischen Neandertalern beobachtet haben. Stattdessen zeigen alle gut untersuchten Fundplätze wie u.a. Hohle Fels, Geißenklösterle, Sirgenstein, Vogelherd und Hohlenstein-Stadel eine Lücke in der Besiedlung zwischen den letzten Neandertalern, die die Artefakte des Mittelpaläolithikums herstellten, und den frühen modernen Menschen, die die Hinterlassenschaften des Aurignaciens samt Kunstwerken, Schmuckstücken, Musikinstrumenten und zahlreichen neuen Werkzeugformen fertigten.

Laut dem jetzigen Kenntnisstand war es so, dass die Träger des Aurignaciens in einen stark entvölkerten oder gar menschenleeren Raum eingewandert sind. Die Bevölkerungsdichte dieser neuen Menschenform stieg schnell an, und an mehreren Fundplätzen der Region liegen die Konzentrationen von Fundmaterialien in den Aurignacienschichten deutlich höher als in den Schichten der Neandertaler. Diese demographische Entwicklung trug zu dem raschen Anstieg und der Vielfalt der symbolischen Artefakte bei, da die erhöhte Bevölkerungsdichte neue Kommunikationsformen notwendig machte, um das soziale Leben in den größeren Gruppen gestalten zu können.

Die Ernährungsgrundlage der beiden Menschenformen war ähnlich. Beide jagten gern Großwild wie Wildpferd und Rentier. Die Bedeutung der Jagd auf Mammut ist für beide Menschenformen bis heute ungeklärt. Neben dem Großwild haben die modernen Menschen noch häufiger als die Neandertaler auch Kleintiere wie Hase und Schneehuhn gejagt und auch viel häufiger als Neandertaler Fische gefangen. Sie besaßen eine breite Ernährungspalette, die es möglich machte, die größere Zahl der Menschen zu ernähren und Engpässe sicherer zu überstehen. Diese Lage spiegelt sich in der Vielfalt der Waffen und Geräte der modernen Menschen des Aurignaciens wider. Zum ersten Mal sehen wir eine große Bandbreite an Spitzen aus Feuerstein und Knochen, Geweih und Elfenbein. Die Geweihspitze mit gespaltener Basis ist eine Leitform des Aurignaciens und an vielen Fundplätzen, wie auch dem Vogelherd, in großer Zahl belegt.

Von Jahr zu Jahr gewinnen wir neue Einblicke in das Schicksal der Neandertaler. Genetische Untersuchungen dokumentieren eine geringfügige Vermischung zwischen beiden Menschenformen. Moderne Europäer tragen einen kleinen Anteil des Erbguts der Neandertaler in sich. Die Neandertaler waren sicherlich sehr fähige Menschen, die auf ihre Art hochintelligent waren. Dennoch hatte Gustav Riek Recht, als er postulierte, dass die Kreativität und verbesserte Technik im Wettbewerb der beiden Arten dem modernen Menschen die Überhand gab. Doch ein Szenario, in dem ganze Landstriche planmäßig von den modernen Menschen eingenommen werden, ist sehr unwahrscheinlich. Man muss beachten, dass die Verdrängung des Neandertalers über einen Zeitraum von mehreren Tausend Jahren stattgefunden hat. Alle möglichen Szenarien sind denkbar. Vielleicht hat man sich das eine oder andere Mal bekämpft, doch vielleicht suchte man gelegentlich auch die gegenseitige Nähe. Man konnte miteinander Wissen und Güter austauschen, vielleicht auch Partner. Dass Letzteres zumindest teilweise getan wurde, davon zeugen unsere Gene. Doch der Neandertaler ist letzten Endes als eigenständige Menschenform ausgestorben. Sehr wahrscheinlich ist, dass er einem demographischen Druck zum Opfer gefallen ist. Wir wissen, dass moderne

Menschen in größeren, komplexeren Gruppen lebten, Neandertaler eher in kleinen Familienverbänden. Eine geringfügig höhere Furchtbarkeitsrate beim modernen Menschen kann über den Zeitraum von mehreren tausend Jahren leicht zum Verdrängen einer Art führen. Hinzu kommt noch die Konkurrenz um die Nahrung, und schon hat der Neandertaler das Nachsehen. Möglich ist auch, dass der moderne Mensch neue Krankheitserreger nach Europa brachte und diese dem Neandertaler obendrein zusetzten. Es ist sehr wahrscheinlich, dass sich die Begegnungen zwischen modernen Menschen und Neandertalern in verschiedenen Gebieten Europas unterschiedlich abgespielt haben. Schließlich wurde der Neandertaler aus allen Gebieten verdrängt und starb letztendlich aus.

Der Archäopark Vogelherd

Ewa Dutkiewicz

Forschen – Entdecken – Erleben, das ist der Leitgedanke des Archäoparks Vogelherd. Dieser Ort verbindet auf einzigartige Weise aktuelle Forschung, die Lust am Entdecken und das Nach-Erleben der Lebenswelt unserer Vorfahren vor 40.000 Jahren.

Die Besucherinnen und Besucher gelangen vom Parkplatz aus zunächst zum Besucherzentrum. Das Gebäude ist halbrund konzipiert. Es ist komplett bepflanzt, und einzig der Eingang sowie der Zugang zur Cafeteria bieten Öffnungen in diesem Wall, der sich in die Landschaft einfügt. Innen findet man modernen Sichtbeton, der in seiner Klarheit und Offenheit zur Fundstelle einen interessanten Kontrast zu den natürlichen Materialen, die im Park verwendet werden, darstellt. Die gesamte Front zum Innenhof ist verglast und gewährt von jeder Position innerhalb des Gebäudes freie Sicht auf den Hügel des Vogelherds. In der gastfreundlichen Cafeteria kann man verweilen, den Blick genießen oder im frei zugänglichen WLAN surfen. In diesem Bereich besteht zudem die Möglichkeit, falls man das nicht schon zu Hause getan hat, sich die kostenlose Archäopark-App auf sein Smartphone herunterzuladen. Hat man kein Smartphone, kann man entsprechende Geräte mit dieser App an der Gästeinformation ausleihen.

Der Bereich der Ausstellung beginnt zunächst mit einem Film, der die geologische Geschichte Südwestdeutschlands und besonders des Lonetals seit der Entstehung der Schwäbischen Alb im Jurameer vor rund 200 Millionen Jahren illustriert. Ein Geländemodell, welches den geologischen Veränderungen folgt, wird untermalt mit atmosphärischen Aquarellzeichnungen von typischen Tieren und später dann Menschen, die zu der jeweiligen Zeit gelebt haben. Linker Hand findet man dann zwei Rotunden. Diese widmen sich in Text und Bild zum einen dem Thema ‚Zeit' und zum anderen dem Thema ‚Ort'. In der Rotunde ‚Zeit' kann man sich über das Klima und die Tierwelt der Eiszeit oder die Entstehung und Wanderungen des Menschen informieren. In der Rotunde ‚Ort' geht es um den Vogelherd, seine Entdeckung und die figürlichen Kunstwerke, die dort gefunden wurden.

Die Schatzkammer ist sicherlich einer der Höhepunkte des Archäoparks. Zwei originale Fundstücke aus dem Vogelherd werden dort präsentiert: das vollständige Mammut und die fragmentierte Löwenfigur, die beide 2006 gefunden wurden. Jeweils in einer eigenen Vitrine stehen sie zentral im Raum, so dass man sie von allen Seiten betrachten kann. Eine umlaufende Bank mit Fellen lädt zum Sitzen und Auf-sich-wirken-lassen ein.

Ein Film untermalt die Stimmung. Wulf Hein, ein erfahrener Experimental-Archäologe, hat mit steinzeitlichen Methoden das Pferdchen vom Vogelherd in Mammutelfenbein nachgeschnitzt. Der gesamte Arbeitsvorgang dauerte rund 50 Stunden. Seine Hände wurden während der gesamten Zeit gefilmt. Aus diesem Bildmaterial wurde ein Film zusammengeschnitten, der in 2,5 Stunden den ganzen Arbeitsprozess vom Rohstück bis zur fertigen Figur dokumentiert. Sicherlich kein Film, den man von Anfang bis Ende schaut, aber ein gutes Mittel, um die Geduld, das handwerkliche Können und auch das hohe künstlerische Empfinden der Schöpfer dieser Kunstwerke vor 40.000 Jahren erahnen zu lassen.

Bevor man das Gebäude verlässt, um sich im Parkgelände auf Spurensuche zu begeben, lädt das Auditorium zum Verweilen ein. Auf drei Sitzstufen sind mehrere Geräte mit Hörspielen eingelassen. Mit Kopfhörern, die man selbst mitbringen oder bei der Gästeinformation kaufen kann, taucht man ein in spannende und schöne Geschichten zur Eiszeit und zum Vogelherd, während man auf den gemütlichen Fellen sitzend den Blick auf die Fundstelle genießt. Es gibt Geschichten für Kinder, spannende und fesselnde Erzählungen aus der Steinzeit, ein steinzeitliches Rezept von Alfons Schuhbeck, aber auch eine lustige Einlage von dem Kabarettisten Christoph Sonntag, der ganz eigene Vorstellungen zu der Begegnung von Neandertalern und modernen Menschen hat. Um internationalen Gästen den Zugang zu erleichtern, wurden einige Geschichten in sechs weitere Sprachen übersetzt.

Ausgerüstet mit den ersten Informationen, Eindrücken und der Archäopark-App, geht man nun in das Freigelände. Sich-auf-den-Weg-machen, das ist die Grundidee dieses Rundgangs. Sich auf den Weg machen in die Eiszeit, zu unseren Vorfahren, die vor 40.000 Jahren in dieser Landschaft angekommen sind und uns hier die ältesten Kunstwerke der Welt hinterlassen haben. Auf dem rund 750 Meter langen Weg durch den Park kann man in das Leben der Eiszeit eintauchen und selbst vieles ausprobieren oder Dinge mit der reichen und informativen App über die Umwelt und das Leben der steinzeitlichen Menschen lernen. Auf dem Weg findet man immer wieder Fragen, die man sich zum Leben in der Steinzeit stellen kann. Hinweise auf die Beantwortung dieser Fragen findet man auf kleinen schwarzen Gummiwürfeln, die man sieht, wenn man den Weg weiter geht. Manche Fragen bleiben auch unbeantwortet …

Verschiedene Stationen säumen den Weg. Gleich zu Beginn des Rundgangs kann man an der Lauschstation verschiedene Tiergeräusche hören. Erkenne ich, welches Tier hier gerade brüllt? Tierspuren und Losung unterschiedener Tiere laden zur Spurensuche ein. Erkenne ich, welches Tier hier seinen Haufen hinterlassen hat? Kleiner Tipp: die Archäopark-App kann uns modernen Jägern und Sammlern helfen. Was die Menschen der Eiszeit alles auswendig wussten, können wir heute kurz in der App nachlesen.

Geht man weiter entlang des Weges, kommt man an einer riesigen Mammut-Skulptur vorbei. Das Mammut ist in Originalgröße nachgebildet und aus einem einzigen, sehr dicken Draht gebogen. Es ist ein fast vier Meter hohes und 840 kg schweres Stahlgerüst, das die Dimensionen dieses eiszeitlichen Dickhäuters vor Augen führt.

Auf dem Weg gelangt man zu verschiedenen Themenplätzen. Die Themenplätze beschäftigen sich mit unterschiedlichen Lebensbereichen der paläolithischen Menschen. Der erste Themenplatz ist der Jagd gewidmet. Hier kann man versuchen, selbst mit Holzspeeren oder der Speerschleuder auf Wollnashörner aus Schaumstoff zu schießen. Am Platz der Jagd selbst kann man echte Tierschädel und ein ganzes Rentierskelett bewundern. Mit Steingeräten, wie sie damals benutzt wurden, kann man versuchen, auf Knochen zu ritzen – eine ganz schön schwierige Aufgabe! Informationen zu den Jagdwaffen und -methoden runden den Platz der Jagd ab.

Der nächste Themenplatz ist das ‚Lager der Mammutjäger'. Hier sind verschiedene Zeltformen nachgebildet, wie sie die Menschen der Steinzeit gebaut haben können. Leider erhält sich nicht viel von einem mobilen Zelt, doch über Spuren im Boden können wir verschiedene Möglichkeiten rekonstruieren. Welche Baumaterialien hatten die Menschen zur Verfügung? Was haben sie alles zu Hause gemacht? An Anschauungsmaterial gibt es verschiedene Schnüre aus tierischen und pflanzlichen Materialien, sowie ein steinzeitliches Näh-Set. Wenn man ohne Führer unterwegs ist, kann man ausprobieren mit steinzeitlichem Werkzeug Äste zu entrinden.

Nun geht es den Hügel hinauf. Personen, die Schwierigkeiten mit dem Aufstieg haben, können dort auch links abbiegen und die kleine, barrierefreie Runde durch den Park gehen. Nach einem kurzen aber steilen Aufstieg befindet man sich nun auf dem höchsten Punkt des Archäoparks Vogelherd. Hier kann man die wunderbare Aussicht auf das gesamte Parkgelände genießen.

Etwas weiter findet man dann den ‚Platz der Begegnung'. Die Begegnung mit den Vorfahren, die Fragen nach unserer Herkunft und den Wegen, welche die menschliche Evolution durchlaufen hat, sind die Schwerpunkte dieses Platzes. Sind sich Neandertaler und moderne Menschen begegnet? Und wenn ja, wie lief das ab? Die Besucherinnen und Besucher können hier unter Anleitung auch einem echten, oder beinahe echten Neandertaler begegnen. Die Nachbildung eines gefundenen Neandertalerschädels und auch eines modernen Menschen erlauben es, die Unterschiede und Gemeinsamkeiten dieser beiden Geschwister-Arten zu begreifen. Steinwerkzeuge beider Menschenformen kann man in die Hand nehmen und sich vorstellen, wie es wäre, damit zu arbeiten.

Die nächste Station ist der Aktion gewidmet. Auf der Wisbi-Strecke (wie-schnell-bin-ich) können sich Jung und Alt im Parcours-Lauf mit einer Schleife versuchen. Damit das Ganze nicht zu leicht wird, sind Gewichte auf der Schleife befestigt, und der Untergrund verändert sich. Ein Summer am Start- und am Ziel-Punkt zeigt, wer am schnellsten war.

Weiter geht es um den Hügel herum durch ein kleines Waldstück. Doch muss man aufpassen, hier lauern Wölfe und Bären! Auch wenn sie die Besucher nicht ernstlich verletzen können, so haben ihre Attacken auf unser Riechorgan schon so manchen starken Mann in die Knie gezwungen … Mit allen Sinnen erleben!

Die Vogelherdhöhle ist der Höhepunkt des Rundgangs durch die Parkanlage. Hier, an diesem Ort, haben unsere Vorfahren ihre Spuren hinterlassen. Zunächst die Neandertaler und dann die modernen Menschen, die vor rund 40.000 Jahren ihre Werkzeuge, aber auch die fantastischen Kunstwerke an diesem Ort liegen gelassen haben. Der Archäopark Vogelherd bietet mit dem offenen Zugang zum Fundort eine einzigartige Möglichkeit, unseren

Vorfahren ganz nahe zu kommen. Informationen zu den Funden und der Ausgrabungsgeschichte in der App erzählen die Geschichte des Fundorts. Markierungen des Schichtverlaufs sowie einige interessanter Punkte, wie die Feuerstellen oder die Arbeitsplätze, vermitteln den Besucherinnen und Besuchern ein Gefühl für die Nutzung der Höhle. Hier, an diesem Ort, fand die spannende Geschichte statt, die weltweit Aufsehen erregt. Man bekommt ein Gespür für den Platz und für die Menschen, die hier vor vielen Generationen gelebt haben.

Anschließend geht es den Hügel wieder abwärts. Schon von oben erkennt man den Platz des Feuers. Eine Jurte, die das ganze Jahr über stehen bleibt, vermittelt wie das Leben in einem solch solide gebauten Zelt sein kann. Hier kann man lernen, mit Pyrit, Feuerstein und Zunder Feuer zu entfachen. Ebenso kann man sich Gedanken machen zu verschiedenen Kochmöglichkeiten und den Nahrungsmitteln, die den Menschen damals zur Verfügung standen. Das Feuer hat eine sehr starke Anziehungskraft, daher sammeln sich hier für gewöhnlich viele Besucherinnen und Besucher und lauschen den Ausführungen der Besucherführer.

Geht man weiter, zurück in Richtung Gebäude, findet man eine archäologische Ausgrabungsstätte. Hier können Kinder eigenständig archäologische Funde ausgraben und dokumentieren. Jeder hat ein eigenes Quadrat, aus dem zunächst die Erde entfernt werden muss, um dann die Funde freizulegen. Hat man alles schön vorbereitet, lernt man die Funde zu zeichnen. Hierfür gibt es vorbereitete Blätter, in die man maßstabsgetreu die gefundenen Objekte einzeichnet. Natürlich darf man die Funde nicht mit nach Hause nehmen, denn das dürfen echte Archäologen auch nicht. Aber wer sein Blatt ordentlich ausgefüllt hat, kann sich an der Gästeinformation eine Belohnung abholen. Besonders gute Mini-Archäologen nehmen zudem an einem Gewinnspiel teil.

Am Platz der Kunst dreht sich alles um Kunst und Musik. Große Felsen laden zum Selbst-malen ein, mit den Farben der Steinzeit – Ocker, Rötel und Holzkohle. So manches Kunstwerk ist dort schon entstanden. Mit einem Guide kann man auch den Klängen der Eiszeit lauschen. Nachbildungen der Flöten, die auf der Schwäbischen Alb gefunden wurden, Schwirrhölzer und Trommeln werden vorgeführt, und man kann selbst steinzeitliche Musik machen. Gruppen können sich anmelden, um selbst Schmuckstücke herzustellen. Muschelketten, Federn und anderes Material stehen hierfür zur Verfügung.

Zurück am Gebäude wird man im Hof von einer einladenden Feuerstelle empfangen. Das offene Feuer brennt den ganzen Tag. Nach der spannenden und ereignisreichen Entdeckungsreise in die Urgeschichte kann man hier nach erfolgreicher Jagd grillen oder ein erfrischendes Getränk zu sich nehmen. Sollte die Jagd nicht so erfolgreich gewesen sein, bietet unsere Cafeteria Grillgut zum Selbergrillen an. Mutige wagen sich auch an die Spezialität der Steinzeit: Ein würziges Pferdesteak ist ein einzigartiges Geschmackserlebnis, das uns die kulinarischen Highlights unserer Vorfahren erfahren lässt.

Als Einzelbesucher kann man den Park auf eigene Faust erforschen und erleben. Möchte man sich auf eine intensive Spurensuche machen, empfiehlt sich begleitend die Archäopark-App. Beschilderungen im Park sind bewusst spärlich, um das Gesamtbild einer paläolithischen Landschaft nicht zu stören. In der App finden Sie alle Informationen, die Sie interaktiv abrufen können. Informationen zu eiszeitlichen Tieren und Pflanzen, Geschichten und Hintergründe zu den Themenplätzen sowie ein Quiz und ein Spiel für kleine Kinder bereichern Ihren Besuch.

Möchte man tiefer in die Geschichten der Steinzeit eintauchen, bietet es sich an, eine Führung zu buchen oder an einer öffentlichen Führung an Wochenend- und Feiertagen teilzunehmen. Unsere Gästeführer sind dafür bestens ausgebildet und zertifiziert. So hat man die Möglichkeit, sich authentische Materialien und Techniken vorführen zu lassen und unter Anleitung selbst auszuprobieren. Alle unsere Guides haben ein eigenes spezielles Interessengebiet, das sie besonders gut näher bringen können.

Sonderveranstaltungen zu verschiedenen Themengebieten bieten die Möglichkeit, ganz besondere Erlebnisse zu erfahren und tiefer in das Thema Urgeschichte einzusteigen. Vielleicht möchten Sie selbst Steine schlagen oder Ihre eigene Speerschleuder zu bauen. Interessieren sie sich für steinzeitliche Küche? Oder möchten Sie Ihren Kindern einen ganz außergewöhnlichen Kindergeburtstag erleben lassen? Informationen erhalten sie auf unserer Homepage, Auskünfte erteilen wir auch gerne telefonisch.

Im Mai 2013 hat der Archäopark Vogelherd eröffnet. Er bietet Interessantes, Spannendes und Wissenswertes über die weltweit einmalige Vogelherdhöhle und die besondere Geschichte dieses Fundplatzes, die kulturhistorisch von größter Wichtigkeit ist. Durch den Archäopark Vogelherd ist dieser Ort wieder zu einem Treffpunkt für Jung und Alt geworden.

Archäopark Vogelherd

Am Vogelherd 1 ▪ 89168 Niederstotzingen-Stetten

Telefon +49 7325 952 800 0 ▪ Telefax + 49 7325 952 800 20

info@archaeopark-vogelherd.de ▪ www.archaeopark-vogelherd.de

Öffnungszeiten

April bis Oktober:

Dienstag, Mittwoch, Freitag: 11 - 18 Uhr ▪ Donnerstag: 9 - 22 Uhr

Wochenende und Feiertage: 10 - 18 Uhr

November bis März:

Dienstag - Freitag: 11 - 16 Uhr ▪ Wochenende und Feiertage: 10 -16 Uhr

Zeitraum der Winterschließung vorbehalten

Träger: Stadt Niederstotzingen

Architektur und Szenographie: Ritter Jockisch Architektur Innenarchitektur, München

Parkgestaltung und Szenographie: Lutzenberger & Lutzenberger, Bad Wörishofen

Wissenschaftliche Leitung: Prof. Nicholas J. Conard, Universität Tübingen

Inhaltliche Gestaltung und wissenschaftliche Betreuung: Ewa Dutkiewicz M.A., Universität Tübingen

Die Mammutjäger vom Lonetal

Gustav Riek

Mit Zeichnungen von Willy Planck und Zeichnungen
nach Funden des Verfassers

Die unbekannte Waffe

Bärenklau, der Älteste des Stammes der Bärentöter am Lonefluss, hockte auf einem Kalkfelsen, der weit in das Tal vorsprang und fühlte sich unter den Strahlen der Morgensonne recht wohlig. Er war ein untersetzter Mann; seine Mundpartie stand schnauzenartig vor, und die kräftigen Kinnbacken, die weit hervorstehenden Augenbrauenbogen sowie die fliehende Stirne verliehen seinem kantigen Gesichte ein wildes Aussehen.

Viele mehr oder minder schlanke Felsentürme und massige Kalkwände, die von Sturm, Regen, Schnee und Flugstaub blankgewetzt waren, begleiteten das Tal. Aus den Hängen ragten da und dort mächtige Kalkblöcke, die von gelblichen Flechten überzogen waren. Zwischen den Blocktrümmern, die im Wechsel der Zeiten immer tiefer zu Tale rückten, fristete die kriechende Weide ein kümmerliches Dasein und reckte ihre glänzenden, tiefgrünen Blättchen der Sonne entgegen. Weithin leuchteten die violetten Flecken des in voller Blüte stehenden Steinbrechs. Die saftstrotzenden Büschel des Hahnenfußes, der rötliche Sauerampfer, das Hornkraut und die Silberwurz vermehrten die Farbenpracht.

Links und rechts vom Flusse bildeten diese Kräuter einen wahren Teppich, in den die Füße Bärenklaus schon bei mancher wilden Jagd auf das schnelle Ren tief eingesunken waren, denn um diese Zeit war der Untergrund aus sumpfigem Talschutt trügerisch.

Traumverloren blickte der Alte in die Ferne, in der er kämpfend ein rastloses Leben geführt und aus der er mit seiner Sippe auf gefahrvollen Pfaden jagend hierher gewandert war. Mit den Jahren aber war in dem Herzen Bärenklaus die Sehnsucht nach der Ferne erloschen, er hatte seine neue Heimat im Lonetal liebgewonnen. Er jagte in den Tälern, auf den Höhen und in den Klüften der Kalkfelsen und wanderte über die nahen Vorberge, die heute in bläuliche Töne getaucht schienen und lange Schatten warfen. Wie oft schon hatte Bärenklau dort im Süden mit seinen Jagdgenossen im Großen Fluss gebadet, wenn die Sonne warm herniederschien, und sie, um die zudringlichen Stechfliegenschwärme abzuwehren, sich in ausgelassener Freude mit ihren Fellumhängen auf die Körper klatschten. Jenseits des Großen Flusses, noch weiter gegen Süden, lagen auch die Geröllfelder mit den kostbaren Kieseln, aus denen die besten und schärfsten Steinwerkzeuge geschlagen werden konnten. Aber hinter den Geröllflächen lauerte der Tod. Dort ragten hohe Eiswände empor, und nur an klaren Tagen konnte man sehen, wie das Eis in der Ferne in blendender Weiße zu einem mächtigen Gebirge anwuchs. Sonst verdeckte bleicher Nebel die Weißen Berge, oder bliesen die Stürme aus den Geröllfeldern dichte, gelbe Staubwolken auf, die sogar über den Großen Fluss herüberkamen.

Bärenklau zog seinen Fellumhang herunter und ließ sich die Sonne tüchtig auf seine stark behaarte Haut brennen. Jetzt war weiter unten an der Lone und drüben am Großen Fluss die Tundra mit Wasser getränkt, sodass sie nur mit Mühe durchwatet werden konnte und gar oft den Jäger bis zum Knie einsinken ließ.

Bevor die Sippe hier einzog, waren die Bären die unumschränkten Herren des Lonetales gewesen, und nicht ohne große Gefahr konnte in der ersten Zeit ein Jäger allein durch die raue Wildnis streifen.

Wer einen Bären erlegt hatte, der riss ihm eine Klaue der rechten Vorderbrante aus, durchlochte sie und trug sie neben anderem als Schmuckstück an einer Sehne aufgereiht um den Hals. Bei den Bärentötern galt diese Jagd als die edelste, schon die Jüngsten des Stammes versuchten, sich darin zu üben, wo sich Gelegenheit bot. Bärenklaus erster Petz hatte ihn auf schmalem Felspfad oberhalb der Höhle angenommen. An ein Ausweichen war nicht mehr zu denken gewesen. Das riesige Tier hatte sich hoch aufgerichtet, und Bärenklau

Bärenklau

konnte ihm noch im letzten Augenblick den langen Holzspieß bis zur halben Schaftlänge durch den Bauch rennen, sodass es im Sturze auf den Pfad kollerte und zuletzt die hohe Kalkwand hinabfiel.

Erst als die Sippe Bärenklau länger in der Gegend saß, lernte sie auch immer mehr Schlupfwinkel der gewaltigen Raubtiere kennen. Jung und alt wusste eine Reihe von Winterschlafplätzen. Oft mussten die Bären aus ihren Winterlagern aufgetrieben werden. Das war harte Arbeit, denn die Petze ließen sich nur schwer aufstöbern, und man musste oft lange im tiefen Schnee vor der Höhle ausharren, bis sie gereizt hervorbrachen. Dann galt es, mit dem Holzspeer auf der Hut zu sein, denn mit langen Sätzen, den Kamm sträubend und die Zähne fletschend, nahte der Bär und versuchte immer, dem Jäger die Füße unter den Beinen wegzuschlagen, ihn zu fällen, um sich zuletzt auf ihn zu stürzen. Bei Hochschnee war das Erlegen der Bären leichter, da sie trotz ihrer breiten Sohlen recht tief einsanken und nicht ungestüm heranrennen konnten. Solange Bärenklau zurückdenken konnte, war noch keiner aus seiner Sippe vom Bären getötet worden. Gefährliche Brantenhiebe hatte schon fast jeder der Bärentöter erhalten, einzelne waren auch schon gebissen worden, aber stets schien es, als ob die riesenstarken Höhlenbären sich nur brummend ihrer Haut wehren wollten.

Bärenklau und die Seinen jagten seit jeher fast nur auf Höhlenbären, deren Fleisch ihre Hauptnahrung war und deren Felle sie kunstvoll zubereiteten. Die Köpfe der erschlagenen Bären wurden als Trophäen mitgeschleppt, in den Höhlen aufbewahrt und hoch verehrt. Auch die jetzige Wohnhöhle der Sippe war in harten Kämpfen den Bären abgerungen worden; oftmals strebten diese wieder nach der Höhle zurück, denn der Bär wollte nicht in der

Fremde, sondern an seinem Geburtsort sterben. So wurde Bärenklaus erster Sohn eines Abends von einem wiederkehrenden Bären geohrfeigt, bevor der Alte ihm mit seiner Stechlanze zu Hilfe eilen konnte.

Die Jäger behandelten die Bären als höhere Wesen, und wenn sie diese verehrten, so geschah es lediglich aus Furcht, denn der Weise des Stammes verkündete immer, dass die Bären sich rächen könnten, weil man sie um ihr Leben brachte.

Im Herbste gab man daher den Bären zu Ehren ein großes Fest. Vor dem Feste fingen einige kräftige Männer einen Jungbären, sperrten ihn in einen Höhlenspalt und fütterten und pflegten ihn tüchtig heran. An dem Festtage strömten alle Angehörigen des Stammes unten im Lonetal zusammen und ergötzten sich an Ringkampf, Wettlauf und Speerschleudern. Nach diesen Spielen wurde der Jungbär herangeführt und am heiligen Platze an einem in die Erde getriebenen Holzpfahl angebunden. Der beste Speerschleuderer musste das Tier aus fünfzig Schritten Entfernung erlegen. Traf der Werfer schon das erstemal, dann umjubelten ihn die Stammesgenossen, verfehlte er aber das Ziel, so durften sie ihn schmähen.

Der Bär wurde nach seinem Tode zerlegt, dabei durfte kein Knochen des Tieres gebrochen werden. Sein Fleisch fiel der Sippe zu, die den besten Speerwerfer gestellt hatte. Alle Knochen aber bekam der Weise, der sie sofort begraben musste. Er war auch verpflichtet, die Haut des Bären über drei Stangen aufzuhängen, was immer sehr umständlich unter Verwendung vieler Beschwörungsformeln geschah. Hernach stimmten alle Jäger vor der aufgehängten Bärenhaut Bittgesänge an, die den Wunsch zum Ausdruck brachten, dass der Bär ihnen ihre Missetat vergeben möge. Beim Abschluss des Festes verneigte sich der ganze Stamm vor der Haut, um den Geist des Getöteten zu versöhnen, damit er nicht Rache nehme an ihnen, ihren Kindern und Kindeskindern.

Bärenklaus Geschlecht war seit ältesten Zeiten gewandert, und keiner von ihnen hatte irgendeine Höhle länger als einen Winter hindurch benutzt. Bärenklau hatte sich einst nur seiner vielen Kinder wegen hier länger niedergelassen, und seitdem sie fast alle einer Seuche erlegen waren, wollte er nicht mehr ziehen.

Das Hauptwohngebiet des Stammes war das Lonetal. Die einzelnen Sippen hatten ihre Wohnsitze zumeist in den Höhlen der rechten Flussseite. In den Höhlen der linken Flussseite hausten nur die schwächeren Sippen. Die Mitglieder der verschiedenen Sippen kannten sich alle untereinander. Eine zehnköpfige Sippe war eines Tages in der Richtung zum Großen Fluss hinüber ausgewandert, und man hatte nie wieder etwas von ihr gehört. Sie galt daher als verschollen. Die Ältesten des Stammes wussten noch, dass die ausgewanderte Sippe einen Sommer lang am linken Ufer des Großen Flusses gejagt hatte, denn wenn sie über Land streiften, trafen sie hin und wieder einen ihrer alten Stammesgenossen.

Die Kopfzahl der Jäger im Flusstal war in den letzten Wintern erschreckend zurückgegangen. Kinder, Weiber und Männer verfielen unerwartet einer bösartigen Seuche, die nach der Ansicht des Weisen nicht zu bekämpfen war, obwohl er fast täglich auf den mühsam ausgetretenen Pattwegen

Hohlkehlspitze
2/3 natürlicher Größe

von Höhle zu Höhle eilte und die Krankheit in ein Stück Wacholderholz hineinbannte, das er nachher ins Feuer warf.

Vor einer Höhle, tief am jenseitigen Talhang, stieg ein matter Rauchschleier auf. Dort hauste die Sippe Bärenklau. Über dem Höhleneingang strebte die Grashalde steil hinauf gegen einen Kalkfelsen, von dem aus der Blick an hellen Tagen weithin reichte. Es gab in der Nähe auch noch kleinere Höhlen, diese galten aber nur als Stützpunkte für Jagdausflüge.

Vom Tal herauf drang vom Höhlenvorplatz her ein kurzer Pfiff an Bärenklaus Ohr. Er erhob sich von seinem Sitz, winkte mit dem Fellumhang hinunter und schritt bedächtig hangabwärts. Trotz seiner fünfzig Winter galt Bärenklau weit umher als ein stattlicher Mann und unerschrockener Bärentöter. Er war in seiner Jugend besonders kräftig gewesen und hatte

Breitschaber

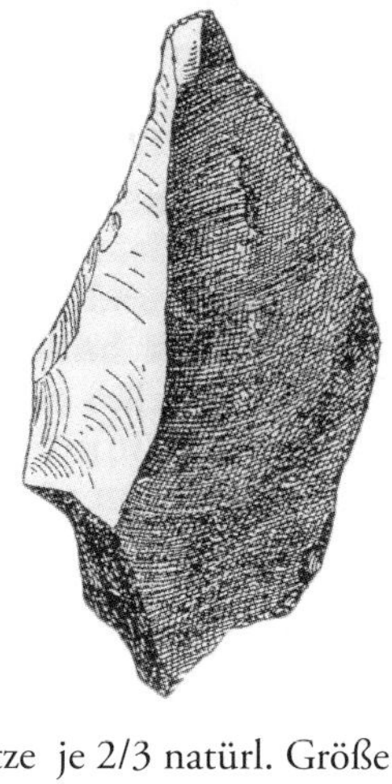

Handspitze je 2/3 natürl. Größe

sich viel mit den Männern seiner Zeit herumgeschlagen, denn damals war überall Mangel an Frauen, und man musste lange raufen, bis man eine Frau bekommen konnte. Aber auch dann hörten die Händel nicht immer auf, und es blieb stets erste Mannespflicht, die Frau zu beschützen, zumal da es unter den Jägern gar trutzige Gesellen gab, die ein Unrecht nie vergaßen. Am Ufer des Loneflusses angekommen, ging Bärenklau noch etwa hundert Schritte flussaufwärts und überquerte das Wasser an einer seichten Stelle, aus der eine Reihe grober Kalkklötze herausragte, die er springend überwand. Am jenseitigen Ufer kletterte er den Hang empor und stand bald auf dem Vorplatz der Höhle. Er begrüßte Wolfszahn, der ihm zugepfiffen hatte und mit der Hohlkehlspitze zwei gewaltige Stechlanzen zuschärfte.

Zum Schutze gegen die Unbilden des Wetters war der Eingang zu Bärenklaus Höhle mit einem mächtigen Bärenfell verhängt, auch die Innenseite des Gelasses trug einen dichten Behang aus Fellen. Meist aber saß die Sippe Bärenklau unter dem überhängenden Felsen des Einganges im Sonnenschein beim Braten, Essen, Werkzeugschlagen oder Faulenzen. Die Lücken zwischen den Steinen des Verbaues waren auf der Außenseite mit Lehm und Moos verstopft. Vor diesem Verbau lag Bärenklaus jüngster Sohn wie ein Zobel zusammengerollt und schlief auf einem Wolfsfell in den Tag hinein. Wenn die Sippe Bärenklau mit Leib und Seele an dieser Höhle hing, so beruhte dies weniger auf deren Trockenheit als darauf, dass sie nahe am Fluss lag. Auch folgte das Schalenwild auf seinen Streifen immer den saftigen Kräutern am Flusslauf. Die Gelegenheit zu einer Jagd in der Nähe war daher immer gut, und das Wild brauchte nicht mühsam aus weiter Ferne herbeigeschleppt zu werden. Während der langen Schneestürme konnte man zur Winterszeit hier wohlbeschützt bei den mit gefrorenem Fleisch angefüllten Vorratsgruben liegen.

Nur einmal wollten die Bärenklaus ihre Höhle verlassen. Es war vor zehn Wintern. Da fielen mitten in der Nacht von der Decke der Höhlenhalle zwei große Kalkblöcke herunter und bedeckten die Herdstelle. Es dauerte lange, bis der Berg wieder zur Ruhe kam, und immer wieder bröckelte lockeres Gestein nach. Zum Glück hatte niemand aus der Sippe dabei den Tod gefunden. Bärenklau entfachte das Feuer von nun an neben dem größten der abgestürzten Felsblöcke, und auf dem anderen konnte man sich so bequem niederlassen, dass alles Tun und Treiben in der Haupthalle zu überschauen war. Aus diesem Grunde balgten sich die Jungen der Sippe oft um den Sitzplatz.

Da Bärenklau und Wolfszahn sich zur Jagd auf einen Petz verabredet hatten, holten sie ihre Bogenmesser aus der Höhle und vertilgten zuvor miteinander einen gewaltigen Happen Dörrfleisch. Wolfszahn war ein Kerl wie ein Baum. Er sprach nie viel, und so nahm er auch heute nur brummend Abschied von den Höhlengenossen. Dabei hätte er fast seinen Holzspieß vergessen, und Bärenklau machte ihn spöttisch mit den Worten: „Du willst wohl ein Frühstück für Wölfe werden, he!“, darauf aufmerksam.

Sie rüsteten sich für die Pirsch und stiegen die Grashalde hinauf. Oben überkletterten sie eine Felsnase und wanderten über eine Hochfläche, die von vielen Erdfällen unterbrochen war. Vom Rande eines Erdfalles kam der laute, gackernde Lockruf des Schneehuhns. Die Augen der Jäger entdeckten bald den wachthaltenden Hahn, und einige Schritte seitwärts von diesem die Henne mit fünf Küken. Ihr Sinn stand aber nach höherem Wild. An dem übernächsten, trichterförmigen Erdfall stießen sie auf die Knochenreste und das Geweih eines Rentieres. Das Gezweig knackte unter ihren Füßen. Sie hielten den Atem an und lauschten nach einer hier sich öffnenden Felsspalte hin. In dieser hielt der Bär des Öfteren seine Ruhezeit.

Tief gebückt gingen die Jäger gegen den Wind, damit der Bär keine Witterung von ihnen bekommen sollte. Am Spalt angekommen, warfen sie sich auf den Bauch und horchten. Der Bär war in seinem Lager!

Schweigsam legten sie sich auf Wache. Die Wolken zogen hoch über ihnen hinweg. Wolfszahn war dem Einschlafen nahe. Er gähnte, reckte sich sachte, rieb die Augen und blinzelte schlaftrunken, als sich der Bär drinnen rührte, ein wenig erhob und wieder auf den alten Platz fallen ließ. Bärenklau drückte den Kopf tiefer. Aber der Petz schlief weiter. Unbeweglich blieben die Jäger lange Zeit liegen.

Endlich machte der Bär wieder eine Bewegung! Die Jäger stemmten Arme und Beine fest an den Boden und ließen kein Auge von dem Felsspalt. Mit tastenden Fingern zogen sie ihre Stechlanzen an sich und umklammerten sie fest. Langsam und pustend schob sich eine zottige Fellmasse den Felsspalt heraus. Der Höhlenbär! Mit vorgestrecktem Halse und gehobenem Kopfe äugte der Bär, stand still, schnupperte auf dem Boden umher, reckte die Nase wieder in die Luft und zog diese prüfend ein. Er hatte die sich erhebenden Jäger gewittert. In raschem Trollen kam er heran, stellte sich in unmittelbarer Nähe Wolfszahns auf die Hinterbranten und warf ihn durch einen heftigen, mit den Vorderbranten auf die Stechlanze geführten Schlag nieder. Krachend zersplitterte der Speerschaft! Wolfszahn sprang behende wieder empor, obwohl er hart mit dem Kopfe aufgeschlagen war, und ihm grüne und rote

Sterne vor den Augen tanzten. Jetzt rannte Bärenklau todesverachtend mit seinem Speer gegen den Bären an und grub ihm die Waffe von unten in den Hals. Hochauf sprang der Blutstrahl! – Der Bär legte sich zitternd auf die Seite, um zu sterben.

Vor des Bären Tod murmelten Bärenklau und Wolfszahn scheu den Spruch:

„Tapfer warst du im Leben,
Tapfer bist du im Sterben;
Großer, wir ehren dich!"

Hernach drückte Bärenklau den Zeigefinger in die blutende Wunde, zog ihn wieder heraus und leckte ihn ab, denn des Bären Blut gab dem Jäger wilde Stärke.

Die Luft war hauchstill. Es war spät am Mittag. Wärmedunst stand über der schwarzen Höhlenspalte. Die beiden Jagdgenossen waideten mit ihren Steinmessern flink den Bären aus. Er hatte nicht viel Feist angesetzt, darum legten sie ihn auf ein Bündel geschmeidiger Birkenzweige und schleppten ihn ihrer Wohnhöhle zu.

Als die Dämmerung hereinbrach, standen sie mit ihrer Beute an der Felsnase hoch über der Grashalde. Drunten im Tale sah man hie und da Feuerschein emporleuchten. Es waren die schwelenden Schutzfeuer vor den Höhlen, sie galten den Hyänen, die sich mit Einbruch der Dunkelheit frech an die Unterkünfte der Menschen heranwagten und die nach den Mahlzeiten weggeworfenen Knochen suchten, um sie mit ihren gewaltigen Kiefern zu zerknacken. Beide Jagdfreunde waren noch in den Anblick der Schutzfeuer versunken. Plötzlich erschreckte sie ein Schwirren durch die Luft, ein

Bogenmesser
2/3 natürlicher Größe

Schatten strich vorüber, und ganz in der Nähe ertönte ein leichter Aufprall! Beide hatten sich geduckt und sahen einander fragend an. Bärenklau schwieg, er wusste nicht, was diese Begebenheit bedeuten sollte. Er machte aber einige Schritte in der Richtung, aus der der Aufprall zu vernehmen gewesen war. Da sah er ein überaus schlankes, fein geglättetes Rutenholz in der Erde stecken, das an seinem freien Ende eine tiefe Kerbe trug. Er zerrte die biegsame Gerte aus dem Boden und entdeckte, dass ihr eine fein zugeschliffene Spitze aus Elfenbein aufgesetzt war. Bärenklau brachte seinen Fund zu dem staunenden Wolfszahn. Dieser hielt das sonderbare Fundstück für einen winzigen Speer und bestaunte zugleich die feine Arbeit. Der andere spuckte aus, nahm das absonderliche Gerät zu sich und riet, vor Einbruch der Nacht die Jagdbeute hangabwärts zu bringen. Als sie mit ihrer Last die Grashalde glücklich hinter sich hatten, griffen hilfreiche Hände der Sippe zu und beförderten die Beute in die Höhle. Silberhaar, das Weib Bärenklaus, trennte mit einem Bogenmesser geschickt eine Keule ab und ließ sie über dem Feuer schmoren.

Indessen machten sich die Jäger schwere Gedanken über den eigenartigen Fund. Immer wieder betasteten sie das fein geglättete Holz und die Beinspitze. Schielauge, der Klügste der Sippe, wagte sogar die Behauptung, dass das Fundstück eine Waffe darstelle und dass es geworfen worden sei. Bärenklau glitt der Schreck eiskalt den Rücken herunter. Sollte ein Feind durchs Tal schleichen?

Er begriff nicht und vertilgte zerstreut seinen Anteil an der saftigen Bärenkeule. Bevor er sich zum Nachtschlafe auf seinem Bärenfell niederlegte, sagte er zu Wolfszahn: „Wir müssen morgen zum Weisen hinüber."

„Ja", brummelte Wolfszahn und sie schliefen, ihre behaarten Rücken aneinandergelehnt, langsam ein.

Eine verdächtige Horde

Mit dem Lichte des jungen Morgens erhob sich Silberhaar von ihrer Reisigunterlage, über die etliche Bärenfelle gebreitet waren. Sie warf die Oberdecken aus Rentierfell und Wolfspelz beiseite und stieß Bärenklau an: „Auf, es ist Zeit!" Dieser gähnte, reckte und streckte sich, rieb die Augen und blickte sich schlaftrunken um. Als Wolfszalm angestoßen wurde, gab er ein mürrisches Grunzen von sich, aber er bemühte sich doch, langsam die Augen zu öffnen. Schielauge war am schnellsten auf den Beinen, denn er hatte Nachtwache gehabt und neben dem Höhleneingang kauern müssen. Dort konnte es einen frieren, selbst wenn man sich noch so klein unter den Wolfspelzen zusammenkugelte.

Silberhaar schlug die mächtige Bärenhaut unter dem Eingang zurück. Das Schutzfeuer auf dem Vorplatz bestand nur noch aus einem Häufchen Glut, und wenn der leichte Morgenwind hineinfuhr, vernahm man ein schwaches Knistern. Draußen im Tale wallten feine Nebelschleier.

In der Höhle roch es stark nach Rauch. Schielauge blies mit vollen Backen in die Herdglut und legte Dürrholz auf. Bald prasselte ein lustiges Feuer, das den noch schnarchenden Rotkopf und seinen Bruder Rundstein weckte. Auch die schöne Rotwang wurde munter und wiegte ihren rabenschwarzen Wuschelkopf auf schlankem Halse hin und her. Sie hatte kühle, blaue Augen, mit denen sie durch einen hindurchsehen konnte, so sagten wenigstens andere Jäger, die manches Mal zu Besuch in der Höhle weilten. Bärenklau behauptete dagegen immer, es wären gute Augen.

Aller Sinn stand jetzt nach einem tüchtigen Frühstück. Silberhaar holte unter zwei heißen Steinplatten der Feuerstelle einige Happen Bärenfleisch hervor. Nur Rotkopf bekam seinen Anteil später, denn er musste mit zwei getrockneten Rentierblasen an den Fluss, sie dort mit Wasser füllen und wieder heranschleppen, damit jeder seinen Frühtrunk nehmen konnte. Rotkopf ging täglich an den Fluss und nahm dort seinen Morgentrunk. Wenn der Fluss zur Winterszeit zugefroren war, musste er jeden Morgen und Abend mit dem Faustkeil ein Loch in die Eisdecke schlagen, und er war darum immer froh, wenn der kurze Sommer gekommen war.

Als Rotkopf mit dem Wasser zurückkam, wurde an der Feuerstelle wieder von der schlanken Gerte mit der Beinspitze geschwatzt. Er setzte sich still ans Feuer, nahm sein Fleischstück von einem heißen Stein auf und hörte schmatzend den Reden der anderen zu.

Nach dem Umtrunk brachen Bärenklau und Wolfszahn auf, um mit ihrem seltsamen Fund den Weisen aufzusuchen.

Die Höhle des Weisen lag etwa fünfhundert Schritte weiter flussaufwärts an einer guten Stelle, denn in der Nähe ging ein alter Bärenwechsel vorbei. Der Weise hauste nur mit einem Jungjäger zusammen, den er in mancherlei geheime Künste einweihte. Sie redeten oft ganze Nächte hindurch miteinander, besonders über die Seuche, der jeden Winter viele Männer, Weiber und Kinder zum Opfer fielen. Wer von dieser Seuche befallen war, wälzte sich keuchend und sich schüttelnd auf seinem Lager. Die Menschen klagten über Atemnot, stechende Schmerzen in einer Seite, husteten viel, fieberten, wurden blau im Gesicht und erstickten meist jämmerlich. Oft horchte der Weise an der Brust der Kranken und vernahm darin ein feines Rasseln. Umsonst beriet er sich mit seinem Lagergenossen. Der Kampf gegen die Seuche blieb aussichtslos. Nie fanden sie die rechte Beschwörungsformel.

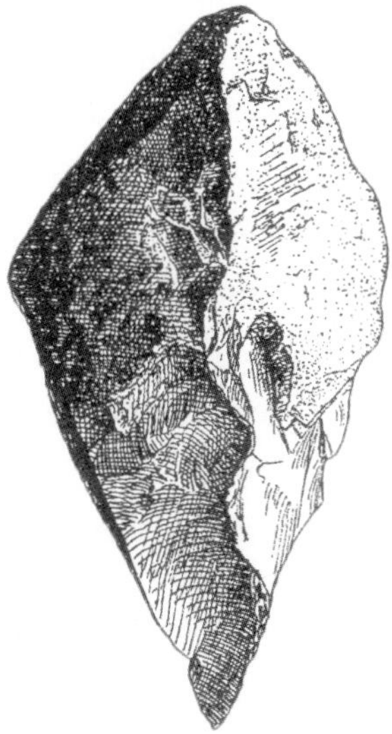

Faustkeil
2/3 natürlicher Größe

Schweigsam ging Wolfszahn, ein erlegtes Schneehuhn in der Hand tragend, dem älteren Bärenklau voran, der ernst dreinschaute und die Gerte bei sich hatte. Am Fluss waren einige Knaben mit Schlingenstellen beschäftigt. Verdutzt blickten sie den beiden ernsten Männern nach. Es schien etwas in der Luft zu liegen.

Als sich die Jäger der Höhle des Weisen näherten, trat dieser eben auf den Vorplatz. Wolfszahn warf ihm das Schneehuhn zu und pries dessen Güte in schöner, langer Rede. Der Weise legte das Huhn beiseite und fragte die Männer nach ihrem Begehr. Wortlos überreichte Bärenklau die gefundene Gerte. Auf der Stirne des Weisen erschienen zwei senkrechte Falten. „Ich muss wissen, wo ihr das Ding gefunden habt“, sagte er fest und sah seine Besucher an. Bärenklau wandte sich um und beschrieb mit der Hand dem Weisen den Umriss des Bergrückens, der vom Höhlenvorplatz aus gut sichtbar war. Selbst die Felsnase konnte man von dort aus sehen.

„Passt gut auf, das Tal gehört nicht mehr uns allein“, sagte der Weise und zerbrach die Gerte über dem Knie. „Es gibt Menschen, die müssen wandern und die Welt sehen, sie jagen, wo es ihnen gefällt; sie morden, wenn es ihnen gefällt“, fuhr er fort. Der Weise wusste noch mehr. „Viele Bären ziehen nach dem Süden gegen die Weißen Berge. Die Wolken kommen immer weniger. Mancher Vogel singt nicht mehr im Tal.“

Erschrocken vernahmen die Jäger eine solche Rede und wollten bekümmert von dannen ziehen, als sie etwas gewahrten, das ihre Aufmerksamkeit gefangen nahm. Drüben bei der Felsnase, die Bärenklau dem Weisen vor wenigen Augenblicken gezeigt hatte, bewegten sich sechs Gestalten über die Hochebene und hoben sich deutlich in scharfen Umrissen gegen den Himmel ab. Es waren schlanke Menschen, groß und anscheinend kräftig. Jeder von ihnen trug einen sonderbar gekrümmten, dünnen Gegenstand in der Hand. Als sie ein Stück gegangen waren, schienen sie etwas zu gewahren. Wie toll begannen sie zu laufen, und so schnell waren sie verschwunden, dass sie aussahen wie Federn, die der Sturm geschwinde über eine Ebene bläst.

Betroffen sahen die Männer vom Stamme der Bärentöter einander an. Das Gesicht des Weisen verfinsterte sich zusehends und seine Augen bekamen einen flackernden Ausdruck, den die Bärentöter fürchteten, weil er das Wissen dieses Mannes über die geheimen Künste verriet. Er befahl Bärenklau, sofort Läufer an die Sippen auszusenden, denn er wusste Bescheid in allem, was das Leben betraf. An heimlichen Plätzen müssten Späher ausgestellt und die Höhlen bewacht werden, damit niemand unerwartet Schaden erleide.

Nach einer kleinen Weile nahmen die Männer Abschied voneinander. Bärenklau eilte zu den Seinen. Wolfszahn rannte als Bote talaufwärts zu den Sippen Hasenkopf, Wildschrei und Starkarm. Überall rief die Nachricht Bestürzung hervor, sofort wurden die Höhlenverbaue an schwachen Stellen verstärkt und die Eingänge verengert. Nirgends sollten heute Nacht Schutzfeuer entfacht werden. An den wichtigsten Pässen und Flussübergängen sollten sich Tag und Nacht die Späher versteckt halten. Wer die Fremdlinge zuerst im Tale anträfe, sollte sich zurückziehen und Bärenklau Nachricht zukommen lassen.

Auf dem Heimwege musterte Wolfszahn immer wieder scharf die Umgegend, aber überall schnitt das Blau des Himmels ruhig gegen die Bergkuppen ab. Vor der Höhle angelangt, sah er, dass der Eingang schon verengert war. Er legte sich auf den Bauch, drückte seine breiten Schultern durch die Öffnung und verschwand nach langem Bemühen mit zappelnden Beinen im Innern. Die Sippe, die um ein gewaltiges Feuer beim Schmause versammelt war, begrüßte ihn stürmisch. Jedes fragte eifrig, ob Böses zu erwarten wäre.

Nach dem Schmause wurde in geschäftigem Eifer dürres Reisig in die Höhle geschleppt. Schielauge lief mehrmals zum Fluss, um Wasser zu holen und mit Rotkopf, der auf der Lauer lag, zu plaudern. Mit dem Einfallen der Nacht, als die Sterne heller zu strahlen begannen, wurde Rotkopf durch Schielauge und Rundstein von seinem Späherposten abgelöst. Die Herdflamme brannte niedrig, als er in die Höhle kroch, darum schlichen die Hyänen auch näher heran als sonst. Draußen zogen spukhaft die Wolken vor dem Vollmond vorüber; er war der Späher bester Freund. Ruhig lagerten sie sich im Gesträuch und unterhielten sich im Flüsterton. Angespannt horchten sie dann wieder auf alle Laute in der Landschaft.

Plötzlich durchrissen in der Ferne fremdartige Schreie die Nacht! Weiter oben im Tale schien ein Kampf zu toben. Es mochte bei der Höhle der Sippe Starkarm sein.

„Was nun?“, flüsterte Rundstein.

„Wir bleiben, so lange es Nacht ist“, erwiderte Schielauge und starrte talaufwärts; „aber geh und wecke Bärenklau.“

Lautlos verschwand Rundstein und prallte unterwegs fast mit Bärenklau zusammen, der das Geschrei auch vernommen hatte und zum Späherposten eilen wollte. Beide schlichen sich hinüber zu Schielauge und kauerten sich dicht nebeneinander.

„Was sollen wir tun?“, fragte Rundstein.

„Warten!“, raunte Bärenklau.

Jetzt trug der Nachtwind deutlich den Kriegsruf der Bärentöter das Tal herab. Uhuuu, Aja! – Uhuuu, Aja! – Uhuuu, Aja! – Sicherlich kämpfte Starkarms Sippe auf Leben und Tod mit den unbekannten Feinden.

„Uhuuu, Aja!“, brüllte Bärenklau aus vollem Halse. Da wurde es in der Höhle drüben lebendig. Wolfszahn und Rotkopf kamen nacheinander herbeigerannt.

„Rundstein und Rotkopf bewachen die Höhle von innen, die anderen – vorwärts!“, schrie Bärenklau und eilte talauf. Flink hängten sich die anderen an seine Fersen. Sie rannten, dass ihnen die Nachtluft um die Ohren sauste. Die Stärksten von der Sippe Hasenkopf warteten schon unten am Flusslauf bei ihren Späherposten und schlossen sich flugs an.

Gleich einer Reihe von Schatten hasteten die Bärentöter im Mondlicht dahin. Wildschreis Höhle lag jenseits des Flusses. Sie hielten den Atem an und lauschten im Laufen hinüber.

„Brav, brav", meinte Bärenklau, als er sah, wie sich aus dem Gesträuch unterhalb der Höhle eine Schar Männer loslöste und zum Fluss herabeilte. Schon konnte man am Nachthimmel einen hellen Schein wahrnehmen, der von Feuerbränden herrühren musste, die vor Starkarms Höhle aufloderten. Würden die Kräfte zu diesem rasenden Eillaufe noch durchhalten? – Aber keiner blieb zurück. An einer schmalen Stelle durchquerten sie schwimmend den Fluss. Ihre Augen bohrten sich in die Finsternis, die Pulse hämmerten, die Körper dampften!

„Auseinander!", raunte Bärenklau.

Die Leute glitten lautlos zu einer Kette auseinander und verschwanden im Strauchwerk. Sie jagten den Hang hinauf, über dem sich eine mächtige Kalkwand emportürmte, in die Starkarms Höhle führte. Schauriger Feuerschein und graugelbe Rauchschwaden lagen über dem Höhlenvorplatz. Kein Kampfgeschrei war zu hören. Totenstille! – Nur das Feuer prasselte.

Hoch aufatmend stand Bärenklau als erster auf dem Höhlenvorplatz. Der Feind war abgezogen, aber Grauen und Entsetzen waren geblieben. Mit hängenden Köpfen erschienen Bärenklaus Leute nacheinander auf dem Vorplatz. Zu spät! –

Im Tode noch trotzig, lag Starkarm mit einer klaffenden Kopfwunde am Boden. Bärenklau fasste die Hand seines Getreuen und ließ sie wieder fallen, denn sie war kalt. Die übrigen der Sippe hatten sich ebenfalls bis zum Letzten gewehrt. Sturmwind, Schwarzwolf, Eulenfeder, Reißzahn, Rohrblatt,

Vogelbein, Schuhu – alle lagen, mit Weib und Kind erschlagen, umher. Bärenklau ließ die Toten zusammentragen und im harten Höhlenschutt eine große Grube ausheben. Von den Männern bekam jeder die Waffe mit, die er in seinem letzten Kampfe geführt hatte. Auch die Weiber erhielten ein Gerät, sei es Bogenmesser, Handspitze oder Faustkeil, mit ins Grab, und selbst die fünf Kinder der Sippe Starkarm sollten nicht mit leeren Händen ins große Schweigen ziehen müssen, auch ihnen legte man Spielgeröllchen, Flachkiesel, bunte Steine und Knöchelchen bei.

Bärenklau befahl, groben Steinschutt und viel Holzasche über den Toten auszubreiten. Zum Schlusse hoben acht Männer eine große Kalkplatte auf das Grab, damit die Wölfe und Hyänen das gute Geschlecht nicht aus der Todesruhe zerren sollten. Darnach verließ Bärenklau mit seinen Jägern die Stätte des Todes und Unterganges. Rachesinnenden Geistes zogen sie langsam flussabwärts, und Bärenklau forderte für die kommende Zeit ganz sichere Kundschaft von Sippe zu Sippe. Auch rasteten sie lange vor Wildschreis Höhle und berieten mit ruhigen Worten. Mit aufmunternder Rede entließ Bärenklau jeden seines Weges, denn im Osten begann es licht zu werden. Aber mancher war noch viele Tage und Nächte mit seinen Gedanken bei Starkarm und seiner Sippe.

Der Freiheitskampf der Bärentöter

Vergeblich wartete man, dass eine Horde des neuen Volkes wiederkäme, um die Bärentöter zu überfallen. Umsonst war große Unruhe in den Höhlen. Oftmals versammelte man sich, rückte auf die Hochebene und schickte Späher aus. Zuhöchst über dem linken Talhang des Flusses musste sich täglich ein Ausgucker festsetzen. Aber dieser kam allabendlich ohne Neuigkeit in Bärenklaus rauchgeschwärzte Höhle.

So geschah es, dass die Leute sich nach Ablauf des kurzen Sommers wieder sicherer fühlten. Doch mitten im Herbste zeigte sich eine üble Vorbedeutung. Rotkopf fischte beim Wasserholen eine schlanke Gerte mit Beinspitze aus dem Lonefluss. Weiber und Kinder wurden wieder vom Schrecken befallen. In kluger Voraussicht nahm Bärenklau den Weisen und dessen Gehilfen zu sich. Dafür legte er die Sippen Wildschrei und Hasenkopf zusammen in die geräumige Hallenhöhle des Weisen. Damit waren an zwei nah benachbarten Punkten ansehnliche Streitscharen zusammengezogen, die sich im Falle eines unerwarteten Angriffs gegenseitig zu Hilfe eilen konnten. War doch der Kriegsruf der Bärentöter auf die Entfernung von fünfhundert Schritten gut vernehmbar. Mutig erwarteten die Männer jeder Höhle, dass die Horde des Fremdvolkes eines Tages im Flusstal erscheinen würde. – Und sie kam!

Mit dem ersten Schneegestöber war sie plötzlich da und hatte über Nacht von Starkarms, Wildschreis und Hasenkopfs verlassenen Höhlen Besitz genommen. Ihren Lärm hörten die Bärentöter weithin, denn sie jagten sofort in großen Scharen auf Rentiere. Hasenkopf saß mit dreißig Jägern unter dem Höhlendach um ein loderndes Feuer und war mit der Herstellung von Stechlanzen beschäftigt, als zwei der Fremdlinge unten am Fluss einem Rentier nacheilten. Während ihres Laufes schauten jene misstrauisch herüber. Hasenkopf rief ihnen ein Schimpfwort zu, das sie allerdings nicht verstehen konnten. Trotzdem ließen sie ab von der Jagd und flüchteten zurück. Es konnte nur noch eine Frage der Zeit sein, wenn beide Horden in kriegerische Händel verwickelt wurden. So kam es auch!

Gegen Mittag zogen die Eindringlinge das Tal herab. Es wimmelte von großen, schönen Gestalten, die in Rentierfelle gekleidet waren. Die Bärentöter erkannten sofort, dass jene ihnen an Zahl bedeutend überlegen und von Abenteuerlust und Kampfesfreudigkeit geschwellt waren. Trotzdem empfingen sie die Gegner mit ihrem schaurigen „Uhuuu, Aja!"

Jetzt zog Bärenklau mit seinen Leuten das Tal herauf. Seine Krieger trugen wuchtige Holzspeere und wurden von Knaben begleitet, die in Tierhäuten glatte, vom Lonewasser geschliffene Flusskiesel zum Schleudern heranschleppten. Gewandt feuerte Bärenklau seine Leute an, trieb sie zur Eile und deutete das Tal hinauf, wo die Feinde kampfbereit stehen blieben, denn Bärenklaus Nahen war inzwischen von ihnen bemerkt worden. Hasenkopf zog schwerbewaffnet mit den Seinen vom Höhlenvorplatz an den Fluss hinab.

Es schien kein Zweifel zu bestehen: der feindliche Häuptling, in ein prächtiges, weißes Gewand aus Rentierfell gekleidet und das Gesicht grellrot bemalt, wollte als erster mit den Bärentötern den Kampf aufnehmen. Er fuchtelte drohend mit der Faust in der Luft herum und höhnte die Bärentöter Krummbeine. Bärenklau und Hasenkopf vereinigten ihre Kampfscharen, die sogar durch die Weiber des Stammes verstärkt worden waren. Mit viel

Geschrei waren die Streitlustigen nun auf Steinwurfnähe aneinander herangekommen. Bärenklau waren die schlanken Gerten mit Beinspitzen und die krummen Hölzer, die anscheinend vermittelst einer gespannten Tiersehne in gekrümmtem Zustande erhalten wurden, in den Händen der Gegner aufgefallen. Schielauges Vermutung schien die richtige gewesen zu sein, es musste sich doch um eine Waffe handeln.

Pfeifend sauste aus Bärenklaus Reihen ein Flusskiesel durch die Luft. Einer der Gegner taumelte und fiel mit einem lauten Aufschrei zu Boden. Das Blut rieselte ihm von der Stirne, als ihn zwei Krieger stocksteif hinwegschleppten. Jetzt sandte Bärenklaus Jünglingsschar einen flachen Steinhagel in die dichtgedrängten Reihen des Gegners. Ein furchtbares Geschrei war die Antwort, und dann schwirrten in dichten Garben jene schlanken, beinbewehrten Gerten heran, die, von den krummen Hölzern abgeschnellt, sich mit Wucht in das Fleisch der Leute Bärenklaus gruben. Die erste Wirkung dieser unbekannten Waffe war schon so verheerend, dass fast die Hälfte der Bärentöter mit grässlichen Wunden und zu Tode getroffen niedersank. Hasenkopf, selbst blutüberströmt, hatte sich zwei der Gerten wieder aus dem Leibe gerissen und trieb, wütend hin und her laufend, seine noch lebenden Hordengenossen zum Kampfe an. Hohnlachend ließen die Gegner abermals ihre wohlgezielten Gerten heranschwirren, vor denen es kein Ausweichen gab. Was nützte aller Mut, was half aller Widerstand? Zu groß war die Zahl der Feinde. Männer, Weiber, Jünglinge, Mädchen und Kinder der tapferen Bärentöter sanken am Lonefluss nieder, Schritt um Schritt wurden sie talabwärts gedrängt. Der erste Schnee färbte sich rot von Blut. Allenthalben lagen auf der Talaue Schwergetroffene, Sterbende und Tote. Indessen war der Gegner immer noch mächtig, wenn auch manche Wurflanze einige der Frechlinge zu Boden gestreckt hatte. Immer kleiner wurde die Zahl der Getreuen um Bärenklau, dessen Gesicht von Grauen verzerrt war. Da nahten plötzlich auch Feinde aus einer Seitenschlucht heran, um den Bärentötern in den Rücken zu fallen. Noch nie hatten die Bärentöter bei diesem Anblick ihr „Uhuuu, Aja!" so grässlich ausgestoßen, – aber das Ende des Kampfes kam trotzdem. Von allen Seiten eingeschlossen, mussten sie bald unterliegen. Weiber und Kinder kamen aus des Weisen Höhle herab und stürzten sich wütend auf die Feinde. Die Weiber schlugen und warfen mit Steinen, krallten sich mit den Händen an die Gegner und durchbissen ihnen die Kehle. Die Kinder hängten sich den Kämpfenden an Arme und Beine, mit leichter Mühe wurden sie von den Tobenden erschlagen. Furchtbar war das Blutbad!

Bärenklau sammelte die Überlebenden um sich, stürzte sich zu einem letzten Angriff auf den Gegner, um einen Durchbruch zu erzwingen. Doch mit Schrecken sah er das nahende Ende. Jetzt packte ihn eine an Raserei grenzende Wut! Er erkannte den feindlichen Häuptling, dessen weißes Rentiergewand mit Blut bespritzt war, warf sich auf ihn und stieß ihm den Knochendolch in die Brust. Als die Gegner sahen, dass ihr Häuptling gefallen war, lähmte der Schrecken ihre Glieder, sie wichen mit Entsetzen auseinander und ließen die rasenden Bärentöter durch ihre Kette.

Bärenklau entfloh unter einsetzendem Schneegestöber mit dem Reste seines Stammes nach seiner Höhle. Dort wollte er den Gegner zum letzten Treffen erwarten.

Erschöpft kamen die Kämpen in der Höhle an, wo ihnen die zurückgebliebene Silberhaar und Rotwang Speise und Trank darreichten und mit

Schrecken die Kunde von der Niederlage vernahmen. Nach einer kurzen Ruhepause brach Bärenklau mit Wolfszahn und Schielauge wieder auf, er wollte von der Felsnase aus, die über der jetzt verschneiten Grashalde lag, die Bewegungen des Feindes beobachten. Die übrigen Jäger sollten sich in der Höhle ausruhen.

Es gab keine Sicht von der Felsnase aus, denn das Flusstal war durch das Schneegestöber verhängt. Sie drängten ihre fröstelnden Leiber aneinander, um sich noch ein bisschen Wärme zu erhalten. Fast nahm ihnen das Schneetreiben den Atem. Der Sturm wuchs toll an und riss jedes Wort vom Munde. Wirbelnde Schneesäulen rasten empor. Bärenklau dachte trotzdem ernstlich an eine Überrumpelung und witterte häufig mit den Nasenlöchern, so oft es ein vorübergehendes Nachlassen des Sturmes gestattete. Er ahnte, dass er

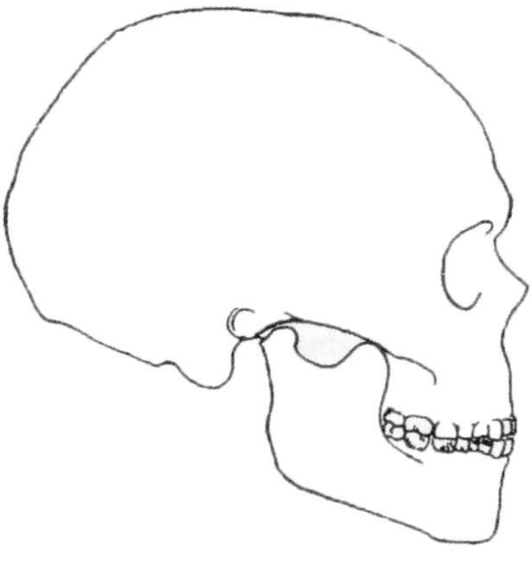

Schädel eines Mammutjägers

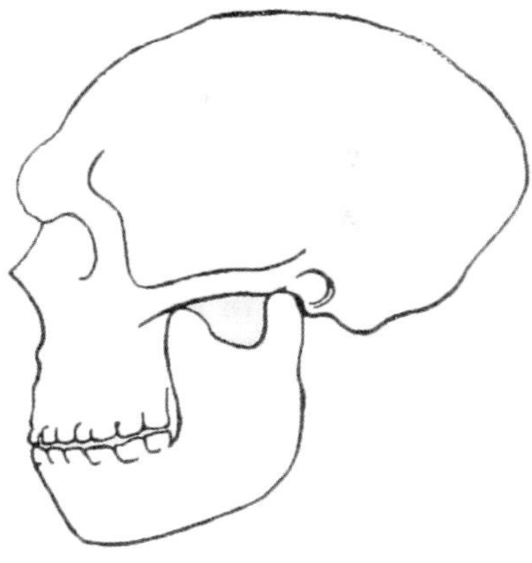

Schädel eines Bärentöters

keine Morgenröte mehr erleben würde. Neben Bärenklau kauerte der Stärkste seiner Sippe, Wolfszahn, mit düsterem Gesicht. Sein Sohn Schielauge drückte die Augen fast zu einem Strich zusammen, seinen jagdgestählten Körper durchlief ein leichtes Zittern.

Drunten in der Höhle hockten die einst stolzesten Jäger des Stammes, Fuchsschwanz, Rabe, Wiesel, Schwarzfleck, Breitkopf und Dickhals mit gesenkten Häuptern ums Feuer. Wohl waren ihre Pelze warm und gut, aber auch sie waren zum Umfallen müde. Auf einem dicken, ungegerbten Bärenfell lag die alte Silberhaar mit ihrer Tochter Rotwang. Der Knabe Weidenblatt wimmerte in seinem Tragsack.

„Mir wäre es draußen viel lieber als in der Höhle“, sprach Fuchsschwanz. „Draußen weiß man doch zuerst, was kommen wird.“

„Unsere Tage sind trotzdem gezählt“, sagte da plötzlich Rabe. Dabei zupfte er an seinem Umhang herum und stocherte mit seinem Wurfspeer in der Asche.

Wiesel war der Aufenthalt in der Höhle angenehmer, denn an der linken Hand fehlten ihm seit frühester Jugend drei Finger, die ihm bei einem unfreiwilligen Schlaf in einer Jagdhöhle über Nacht abgefroren waren. Seitdem liebte er den Winter nicht mehr. Auch Schwarzfleck schätzte den Aufenthalt am Herdfeuer höher als den im Freien, zumal, da ihn immer die Gicht plagte und er heute sein rechtes Ohr, das ihm ein Altbär im vergangenen Herbst mit einem Brantenhieb zur Hälfte abgerissen hatte, unliebsam zucken spürte. Breitkopf und Dickhals, die im gleichen Sommer wie er in der großen Höhle rechts vom Lonefluss das Licht der Welt erblickt hatten, blieben stumm. Sie waren nach mancher Jagdstreife nachts unter einer überhängenden Felswand treue Lagergenossen gewesen und hatten in langem, schwerem Leben viel gesehen und gehört. So wollte auch heute wieder jeder der beiden ohne Worte dem anderen die Treue halten. Silberhaar wälzte sich unruhig auf dem Bärenfell hin und her.

„Hört, Bärenklau pfeift", rief plötzlich Fuchsschwanz.

Lauschend sprangen die Jäger auf und beim zweiten Pfiff stürzten sie ins Freie. Der Schneesturm hatte nachgelassen. Bärenklau stand aufrecht auf der Wacht und wies mit der Rechten nach Süden. Aus dieser Richtung bewegte sich eine lange Reihe schwarzer Punkte langsam über die blendende Schneefläche heran. Sie kam näher, und man konnte bald deutlich genug erkennen, dass es die verhassten Feinde waren. Bärenklau eilte mit seinen Leuten zur Höhle, verteilte den letzten Rest getrockneten Bärenfleisches und ließ den Höhleneingang von innen her mit schweren Kalkblöcken besetzen. Sorgfältig wurden die faustgroßen, scharfkantigen Wurfsteine bereitgelegt. Silberhaar trug den Knaben Weidenblatt nach hinten in einen Höhlengang, und Rotwang musste ihn betreuen. Die Alte holte einen aus dem Schienbein des Höhlenbären gefertigten Dolch und gesellte sich zu den Männern. Schon näherten sich den Eingeschlossenen fremdartige Schreie. Es war der wilde Kriegsgesang der unbekannten Jäger. Die Klänge kamen immer näher. Rabe äugte durch eine Ritze und sah die Gegner ausgeschwärmt den Hang zum Höhlenvorplatz erklimmen. Voran schritt ihr Anführer in feinem Wams aus Rentierfell, das Gesicht mit blutrot leuchtenden Eisenockerstreifen bemalt. Er gab einen Befehl. Die Horde blieb stehen und schien sich zu überlegen, wie die Höhle am besten anzugreifen wäre. Ihr Anführer legte die Waffen nieder, musterte scharf den Eingang, sprang plötzlich in wenigen Sätzen vor, packte einen aus dem Schnee ragenden Felsblock, hob ihn blitzschnell empor und schleuderte diesen mit gewaltiger Kraft auf den Verbau des Einganges. Rabe hatte kaum noch Zeit, zur Seite zu springen, da traf auch schon der Block mit Getöse auf. Kalksplitter flogen umher, die Schutzmauer bebte und stürzte zur Hälfte zusammen. Ein dichter Hagel der beinbewehrten Gerten fuhr zischend in die Öffnung der Höhle.

Silberhaar sank, eine Gerte im Halse, auf das Herdfeuer.

Pfeifend durchschnitt Bärenklaus schwere Holzlanze die Luft und fuhr einem Bogenschützen durch die Brust. Fast zu gleicher Zeit sausten die Lanzen Schwarzflecks und Breitkopfs über den Höhlenvorplatz. Keine verfehlte ihr Ziel. Ein wildes Geheul der Feinde war die Antwort. Der Anführer der Feindeshorde legte seine Rentierjacke ab und wies einen kraftstrotzenden Oberkörper. Fuchsschwanz schleuderte vergeblich die Lanze nach ihm, denn er bückte sich geschickt vor dem Wurfgeschoss. Als sich Rabe, um den Fehlwurf auszugleichen, zu nahe an die Öffnung heranwagte, traf ihn eine Gerte ins Auge, er fiel hintenüber und seine Lanze entglitt auf den Vorplatz. Fuchsschwanz zerrte den Schwerverletzten zur Seite und erhielt dabei einen Gertenschuss in den Rücken. Mit einem müden Lächeln sank Fuchsschwanz zu Boden. Wiesel, der geschickteste Schleuderer von Wurfsteinen, hatte inzwischen behende zwei der Gegner kampfunfähig gemacht, aber beim dritten Wurfe brach auch er unter einem Gertenhagel zusammen.

Unterdessen waren die Feinde bis an den Höhleneingang herangesprungen. Hier entspann sich ein furchtbarer Kampf zwischen Wolfszahn und einem Gegner, der blindwütend mit einer schweren Keule um sich hieb. Wolfszahn konnte aber in hartem Ringen jenem die Waffe entwinden und zerschmetterte ihm zuletzt den Schädel. Ein zweiter Gegner, ein baumlanger, blondhaariger Bursche, der zu Hilfe kommen wollte, sank ebenfalls unter einem wuchtigen Keulenhieb auf die Schulter mit gellendem Aufschrei in die Knie. Rasend vor Wut stürmte Wolfszahn über den Vorplatz und wurde erst nach heldenmütigem Kampfe, mit fünf Gerten in der Brust, überwunden. Jammernd wälzten sich um den Sterbenden sechs seiner Feinde auf dem Boden.

„Auf, mir nach!“, brüllte Bärenklau mit schrecklicher Stimme, und rannte mit Schwarzfleck und Breitkopf, ein grausiges Morden anrichtend, auf den Vorplatz.

Wacker schlugen sich die letzten Bärentöter. Sie rauften ihren Gegnern die Haare aus, drückten, stießen, würgten und bissen sie. Das Morden schien kein Ende nehmen zu wollen. Die Feinde waren jedoch in der Überzahl, die Kräfte Schwarzflecks und Breitkopfs erlahmten langsam, sie starben in ehrlichem Kampfe inmitten einer Übermacht von Feinden unter den Augen des letzten ihrer Häuptlinge, der sich allein gegen den Feindhäuptling mit einem Bärenunterkieferast wehrte, bis ihm dieser die Waffe durch einen Hieb auf das Handgelenk aus der Faust schlug.

Jetzt griffen auch Schielauge und Dickhals in den Kampf ein. Ihre Haare sträubten sich vor Wut, und die Gegner wichen entsetzt zurück. Die zackigen Wurfsteine der beiden räumten schrecklich unter den Gegnern auf. Mancher blieb sofort tot liegen, mancher taumelte hangabwärts.

Die beiden Häuptlinge hatten sich wieder frei gemacht, und der Rotbemalte griff nach seinem Knochendolch. Mit erhobener Waffe sprang er Bärenklau an. Dieser schleuderte ihn aber mit einer kräftigen Armbewegung

gegen die Felswand des Höhlenvorplatzes. Der Rotbemalte verhielt sich jetzt vorsichtiger. Plötzlich setzte er mit einem gewaltigen Sprung auf Bärenklau zu und versuchte, ihm den Dolch in die Brust zu stoßen. Aber sein Versuch misslang. Bärenklau war ihm mit einem Fußtritt zuvorgekommen, der ihn in den zerstampften Schnee warf. Mit Mühe konnte sich der Rotbemalte wieder erheben, sein Gesicht war schmerzverzerrt, doch unter dem Geheul seiner Krieger stürzte er sich abermals im Sprung auf Bärenklau. Dieser fing jetzt den Arm seines Gegners auf, umklammerte hart dessen Gelenk – der Dolch glitt aus der sich langsam öffnenden Faust! Bärenklau hob den Feind wie eine Feder hoch, hielt ihn mit ausgestreckten Armen über seinem Haupt und schleuderte ihn dann in weitem Bogen an die Felswand vor der Höhle. Ein allgemeiner Schrei gellte durch die Luft, als der Rotbemalte mit dem Schädel an der Felswand aufschlug.

Erneut flammte der Kampf um die Leiche des Erschlagenen auf. Die Gegner versteckten sich hinter Felsblöcken und Felsvorsprüngen, um die Bärentöter abzuschießen. Sie versandten ihre Gerten abwechselnd. Ein lautes Stöhnen von Dickhals, der sich zu weit vorgewagt hatte, zeigte an, dass er schwer getroffen war. Nachdem Schielauge schon manche Gerte um die Ohren gesaust war, brach er ächzend unter einem schweren Kalkstein zusammen, den einer der Gegner von der hohen Felswand auf ihn herabgeworfen hatte.

Bärenklau, der letzte Häuptling der Bärentöter, wankte jetzt, aus vielen Wunden blutend, zurück in die Höhle. Im hinteren Gang erwartete Rotwang ängstlich den vor den nachdrängenden Feinden zurückweichenden Häuptling, und als sie den Sterbenden in ihren weichen Armen auffing, traf auch sie eine tödliche Gerte. In schwerem Fall rissen beide den Altar aus Bärenschädeln um und erdrückten Weidenblatt, den letzten Spross des tapferen Geschlechts der Bärentöter.

Das Siegesgeheul der Feinde brach sich schaurig an den Höhlenwänden. Gröhlend riss die Horde die uralten Bärenschädeltrophäen von den Wänden, verteilte die erbeuteten Felle unter sich und verließ die Höhle, nachdem sie ihre Toten aufgepackt hatte. –

Langsam kam die Nacht mit ihren Sternen am tiefblauen Himmel. Die Bärenjäger aber waren in die ewigen Jagdgründe der Toten ihres Stammes eingegangen. Das Gebiet um den Lonefluss sollte in Zukunft einem neuen Volke gehören.

Flinkfuß, der Einsiedler

Über Nacht war die Kälte ins Land gezogen. Sie schien alles Leben ersticken zu wollen. Mächtige Schneewälle türmten sich vor den Felswänden und verschütteten manchen Höhleneingang. Auch das Schlachtfeld am Lonefluss lag unter einer tiefen Schneedecke. Aber die neuen Herren des Flusstales trotzten dem Winter. Vielköpfig waren sie sofort in die alten Höhlensiedlungen eingedrungen und hatten auch neue Höhlen ausfindig gemacht. Sie nannten sich nach ihren Waffen das Pfeil- und Bogenvolk. Wo sie auf ihren Wanderungen entlang dem Großen Flusse eingefallen waren, da hatte ihr Erscheinen Entsetzen hervorgerufen, und überall waren sie Sieger geblieben. Sie waren in dichten Scharen von Sonnenaufgang her gekommen.

Ihre Horden waren ungeheuer groß, und der Stamm der Mammutjäger, der jetzt im Flusstal Fuß gefasst hatte, war einer der kleinsten.

Bei dem harten Ringen um den Besitz des Lonetales hatten die besten Krieger der Mammutjäger und auch der Häuptling den Tod gefunden. Aus diesem Grunde gingen nach einigen Tagen drei Abgesandte der Stammesältesten zu Flinkfuß, dem Sohne des gefallenen Häuptlings. Sie suchten ihn in einer neuentdeckten Höhle auf, deren Lage durch das Aufflattern einer Kette Schneehühner verraten worden war und darum den Namen Vogelherd erhalten hatte. Die Abgesandten trugen Flinkfuß die Häuptlingswürde an.

„Es war ein langer Zug durch fremdes Land, und wir haben jetzt keinen Häuptling mehr“, sagte Fuchsohr.

„Du bist ein starker Mann, du könntest ein mächtiger Mann werden“, meinte Eulenschnabel.

„Du bist der schnellste Läufer und der beste Bogenschütze, werde unser Häuptling“, schmeichelte Pferdezahn.

Aber Flinkfuß blieb hart. „Ich kann euch heute noch keinen Bescheid geben,“ entschied Flinkfuß.

Da schüttelten die Ältesten die Köpfe. „Willst du immer allein in deiner Höhle sitzen bleiben?“, brummte Eulenschnabel.

„Diesen Winter sicherlich.“

Der andere schüttelte den Kopf. „Du bist ein ganz wilder Bursche, die Wölfe und Hyänen werden dich herausholen“, stöhnte Fuchsohr.

Doch Flinkfuß lachte belustigt auf.

„Dann wird dich die Einsamkeit fressen“, entgegnete Pferdezahn und hustete trocken, dass es von den Höhlenwänden widerhallte.

„Lasst mich allein!“, war die Antwort.

„Hm, hm, wir wollen heimgehen“, ächzte Fuchsohr. – Und sie zogen unverrichteter Dinge wieder ab.

Flinkfuß sah seinen Besuchern nach, wie sie die verschneite Halde vor der Höhle hinunterstapften und verhängte den Eingang wieder mit der frischen Rentierhaut. Seine nächste Arbeit bestand darin, die beiden kleineren Öffnungen seiner dreitorigen Höhle, die dicht unterhalb einer sanften Kalkkuppe lag, von innen her sorgfältig mit Steinschutt abzudichten. Schon am ersten Tage hatte er durch Aufsetzen größerer Kalkblöcke die Eingänge verengert, denn der Winddurchzug war unerträglich. Eine im Verbau des größten Einganges eingelassene Eisscheibe gewährte dem Tageslicht Zutritt, sodass die Höhlenhalle mäßig erhellt wurde. Die beiden großen Höhlenöffnungen lagen nach der Südseite. Die kleine Öffnung, die als versteckt gelegener Notausgang benutzt werden konnte, ging auf das Flusstal zu.

Die Höhle war nicht sehr geräumig. Von einer Halle zweigte nach der einen Seite jener enge und niedrige Gang ab, der auf das Lonetal mündete. Ein zweiter Gang verlief in entgegengesetzter Richtung und öffnete sich nach einer leichten Biegung fünfundzwanzig Schritte weiter gegen Morgen. Alle Höhlenräume blieben wegen der verhältnismäßig geringen Tiefenlage unter der Oberfläche der Bergkuppe ziemlich trocken. Man konnte das auch um diese Jahreszeit an der geringen Eiszapfenbildung bemerken.

Vom Bodenschutt der Haupthalle trug Flinkfuß so viel zum Verbau der kleinen Öffnungen auf einer Rentierhaut beiseite, bis der Hallenboden gleichmäßig geebnet dalag. Nun war das Einherschreiten auf dem Gesteinsschutt bequemer geworden. Im Hintergrund der Halle stieß Flinkfuß zufällig auf ein Lager feinen Quarzsandes. Diesen Sand grub er mit den Händen aus und trug ihn dorthin, wo er allabendlich seinen Schlafsack aus Wolfsfellen niederzulegen und in ihn zu kriechen pflegte.

Obwohl Flinkfuß hier allein lebte, so befolgte er doch alle Gebräuche seines Stammes. In nichts wollte er von den ererbten Überlieferungen abweichen, darum schlief er immer am Rande des Herdfeuers und hatte seine Waffen neben sich gelegt. Er hatte mit der Wahl seiner Höhle großes Glück gehabt. Täglich zogen dichte Rudel von Rentieren durch das Seitental herbei zum Lonetal. Das begehrte Wild zog unaufhaltsam nordwärts über die Kalkkuppen hinweg. Rudel aus hundert oder mehr Stücken waren keine Seltenheit. Es war die Zeit der Rentierwanderung. Tausende von Huftritten knirschten täglich durch den Schnee und unterbrachen die Stille unter der Vogelherdhöhle. Flinkfuß hatte bereits zehn Rentiere von der Halde aus durch Pfeilschüsse erlegt. Wenn er regungslos auf seiner Bergkuppe stand, um dieses prachtvolle Bild zu genießen, so stutzten wohl manchmal die Rentierböcke einige Augenblicke oder blieben stehen und äugten groß zu ihm herauf.

Bei solchem Überfluss an Fleisch war es Flinkfuß und seinen Genossen ein leichtes, sich Fleischgruben anzulegen. Eine große Grube hatte er im Höhleninnern im Kalkschutt ausgehoben. Diese war mit den Fleischteilen von vier Rentieren gefüllt. Alles Fleisch war infolge der Kälte gefroren. Zwei Fleischgruben lagen außerhalb der Höhle. Diese hatte er mit Kalkblöcken überdeckt, damit der Vielfraß sie nicht ausrauben konnte.

Seitdem Flinkfuß die Höhle bezogen hatte, begannen sich auch die Eisfüchse aus der Umgebung einzustellen. Zuerst hatte er ihnen eine Reihe von Schlingen gelegt, denn sie stellten den Schneehühnern nach. Nach der Auffassung seines Stammes waren Eisfuchsfelle die höchsten Kostbarkeiten, die es überhaupt gab. Aber allmählich waren die Eisfüchse so zahlreich gekommen, dass sich Flinkfuß ihrer oft kaum zu erwehren vermochte. Immer wieder versuchten sie, in seine Höhle einzudringen, um alles Tragbare hinwegzuschleppen, sei es nun genießbar oder ungenießbar. Wollte Flinkfuß ein erlegtes Rentier abhäuten, so war er im Nu von etlichen Füchsen umlagert, die entweder selbst am Rentier zerrten oder weggeworfene Abfälle gierig verschlangen. Was sie nicht hinunterwürgen konnten, trugen sie stückweise weg und verscharrten es in einiger Entfernung unter Schnee und Steinen. Wenn Flinkfuß still vor seiner Höhle saß, schlichen sie so nahe heran, dass sie seine Fußbekleidung aus Rentierleder beschnuppern konnten. Während der Nachtzeit, wenn Flinkfuß schlief, kamen sie oft bellend in die Höhle und hielten nach Knochen oder frischen Fellen Umschau. Daher wurde er oftmals im Schlafe gestört und erschlug erbost manchen Störenfried mit einem Stein. Ja, sie berochen ihn sogar in seinem Schlafsack und versuchten in ihrer unglaublichen Gefräßigkeit ihn anzubeißen. Trotz ihrer schönen weißen Felle und ihres drolligen Wesens musste er hin und wieder grausam unter ihnen aufräumen. Die Felle der Erschlagenen hängte er in der Höhlenhalle an langen, aus den Därmen des Rentiers gedrehten Strängen auf, um sie später gegen andere Dinge an seine Stammesgenossen einzutauschen.

An Dreistigkeit schien den Eisfüchsen ein anderes Raubtier, der Vielfraß, kaum nachzustehen. Flinkfuß fand zuerst eines Morgens die Spuren seiner plumpen Pfoten im Schnee am Hange gegen das Lonetal. Nach umherliegenden Federn zu schließen, hatte er sich an zwei im tiefen Schnee vergrabene

Schneehühner herangemacht und sie abgewürgt. Die Nacht darauf hatte der Missetäter die am Höhleneingang angebrachte Rentierhaut heruntergerissen und gar übel zugerichtet.

Selbst die Wölfe jagten nachts um die Bergkuppe oder heulten in der Nähe auf. Sie schienen in starken Meuten die Gegend unsicher zu machen. Flinkfuß hatte auch schon gesehen, dass die Wölfe in der Ferne in langen Rotten jagten und zahlreiche Rentiere rissen. Als während einer grimmig kalten Nacht eine Meute allzunahe am Höhleneingang herumschlich, erhob sich Flinkfuß und fachte ein Reisigfeuer an. Einsam zeichnete sich sein Schatten auf den Höhlenwänden ab, und er wusste nicht, ob er am Feuer sitzenbleiben oder schlafen solle. Er entschloss sich, wach beim Feuer liegen zu bleiben und ein Auge auf seinen derben Knüppel zu haben. Zwischen Schlaf und Wachen lauschte er dem Rieseln der Schneekörner, die gegen die Rentierhaut am Eingang getrieben wurden, während der Nachtwind unermüdlich versuchte, diese aus ihrer Verpflockung zu reißen. – Aber die Wölfe kamen nicht.

An hellen Wintertagen setzte sich Flinkfuß oft auf die Kalksteinkuppe über seiner Höhle. Dort ragte ein kleiner Fels empor, von dem er unermüdlich den Schnee wegkratzte. Dann sah er am liebsten in das Flusstal hinein. Gern kamen hin und wieder etliche von seinen Stammesgenossen vorbei, die auf der Jagd gewesen waren. Sie unterhielten sich mit ihm und beguckten seine Höhle, über deren Lage sie voll Lobes waren. Eines Tages konnte Flinkfuß einen Teil seiner Weißfuchsfelle an den Mann bringen. Schon in aller Frühe keuchte ein Stammesgenosse die verschneite Halde herauf und schleppte auf seinen Schultern einen gewaltigen Stoßzahn des Mammuts daher. Flinkfuß empfing den Träger mit einem hellen Freudenschrei. Der schön gebogene Zahn konnte sich sehen lassen, war er doch am Wurzelabschnitt fast schenkeldick. Nach kurzem Feilschen wurden beide handelseinig. Der Bringer des Stoßzahnes erhielt zwanzig Weißfuchsfelle und zog schmunzelnd wieder ab. Seit seinem Hiersein war Flinkfuß immer betrübt, weil keine Mammute in der Nähe vorüberzogen. Er hatte den herrlichen Anblick, den dieses Großwild darbot, zum letztenmal am Großen Flusse genossen, und zwei Tage darauf hatte die Schlacht im Lonetal stattgefunden.

Jetzt konnte Flinkfuß nach Herzenslust Elfenbeinfiguren schnitzen. Das Schnitzen war eine Kunst, die er von seinem Vater geerbt hatte und der er leidenschaftlich nachging. Seine geschnitzten Tierfiguren waren im ganzen Stamm bekannt und beliebt, denn keiner schuf so naturgetreu wie er. Manche Jäger des Stammes übten sich im Beinschnitzen, aber alle blieben Stümper. Keines ihrer Werke erreichte jene große Naturwahrheit, die jedes Stück auszeichnete, das aus der Hand ihres Stammesgenossen Flinkfuß hervorging. Dieser schnitzte zierlich, genau, geschmackvoll und anmutig. Er hatte auf dem letzten Wanderzug oft seine Künstlerschaft um das Lagerfeuer versammelt, um ihr die lebenskräftige Formprägung der Einzelfigur durch geschickte Handgriffe mit den Steinwerkzeugen beizubringen. Die meisten hatten aber allzu raue oder tolpatschige Hände, auch fehlte manchem das Selbstvertrauen und die Einsicht, dass nur stetige Übung die sehnsuchtsvoll erwünschte Tierfigur entstehen ließe. Oft nahmen neckende oder boshafte Äußerungen untätig Herumstehender manchem angehenden Künstler die Freude am Weiterarbeiten, und nur ganz wenige ließen die verschiedenartigen Bemerkungen lächelnd oder ablehnend über sich ergehen. Bei großen Treibjagden lauerte Flinkfuß gern auf einem Stande, von dem die Bewegungen des gejagten Wildes gut zu beobachten waren.

Sein liebster Aufenthalt war morgens oder abends in der Nähe der Wechsel, auf denen das Wild zur Tränke zog. Behutsam schlich er den selteneren Tieren tagelang nach, um ihnen ihre Bewegungen, Kämpfe und übrigen Lebensgewohnheiten abzulauschen. Beladen mit solchen Eindrücken des Tages, setzte er sich abends gern an das Lagerfeuer, nahm ein Knochen- oder Elfenbeinstück zur Hand und versuchte mit den Steinwerkzeugen die Figur eines Tieres herauszuschaben, das den tiefsten Eindruck auf ihn gemacht hatte.

Jetzt, mitten im Winter, wollte Flinkfuß ein Mammut schnitzen, denn der Bulle am Großen Fluss hatte ihm ganz besonders gefallen. Er legte daher den Mammutstoßzahn auf ein großes Geschiebestück mit scharfer Kante und schlug mit vielen wuchtigen Hieben vermittelst eines Schlagkiesels ein säulenförmiges Elfenbeinstück ab. Diesen Rohblock spaltete er mit unendlicher Mühe durch zahllose Schläge mit dem Schlagkiesel in schalige Stücke unterschiedlicher Größen. Einige der Schalenstücke schichtete er sorgfältig aufeinander und bewahrte sie in einer Nische in der rechten Wand der Halle auf. Sie sollten später zu Glättern, Schabern, Wurfspeerspitzen, Pfeilspitzen, Kerbstäben und flach ausgeschnittenen Elfenbeinfiguren weiterverarbeitet werden.

Aus einem kleinen Elfenbeinstück wollte er eine Mammut-Rundfigur schnitzen. Er legte eine Reihe sehr fein zugerichteter Werkzeuge, wie Bohrer, Doppelschaber, Kielschaber, Spitzschaber, Nasenschaber, Hohlschaber, Gravierspitze und Säge aus Hornstein und Jaspis zu-

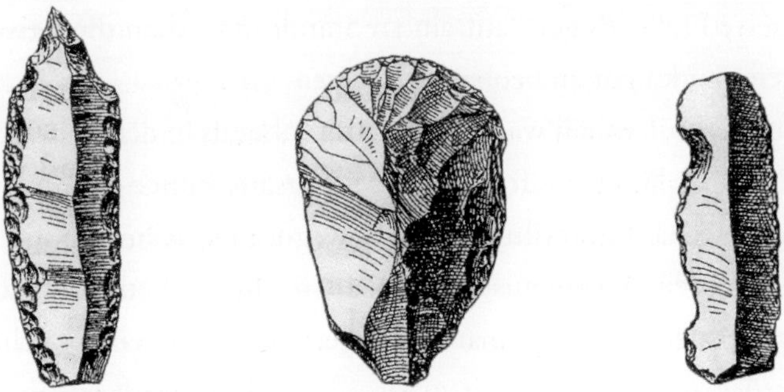

Bohrer Kielschaber Kerbklinge
jeweils 2/3 natürlicher Größe

recht, die er in allen Größen benötigte. Die zerbrechlichsten Kleinwerkzeuge aber entnahm er einem Hermelinbeutelchen, das immer um seinen Hals hing. Mit viel Geduld schnitt und schabte Flinkfuß aus dem Rohstoff ein eiförmiges Gebilde. Dann holte er erst die Rückenlinie des Mammuts heraus. Das kegelförmig aufgetriebene Schädeldach kostete eine ganze Tagesarbeit. An der Einsattelung zwischen Schädeldach und Fetthöcker arbeitete er wieder einen Tag. Das Herausschaben der steil abfallenden Rückenlinie nahm gar zwei Tage in Anspruch.

Für die nächste Zeit lebte Flinkfuß nur von den Vorräten seiner Fleischgrube. Er verließ die Höhle nicht. Eifrig schnitzte er an seinem Werke. – Ganz langsam kam der Kopf mit dem Rüssel, der bis zu den Vorderbeinen herabreichte, zum Vorschein. Mühevoll schabte und glättete er die säulenförmigen Beine heraus. Manche feine Arbeitskante ging dabei an den Werkzeugen zu Bruch, manches Jaspismesserchen wurde schartig und flog zerbrochen in die

Asche der Herdstelle. Beharrlich richtete Flinkfuß stets neue Werkzeuge zu. Endlich war die Mammut-Rundfigur fertig. Befriedigt wog er das niedliche Kunstwerk auf der Innenfläche seiner Hand. Zuletzt schnitt er sich mit einer scharfen Jaspisklinge einen schmalen Streifen aus Rentierhaut, zog diesen zwischen dem Rüssel und den Vorderbeinen des Figürchens hindurch und hängte sich das Schmuckstück stolz um den Hals.

Drei mit Ockersalbe ausgestrichene, haarfeine Kerbkreuze auf dem Bauche des Figürchens zeigten an, dass Flinkfuß schon drei Mammute erlegt hatte. Es sollte für die Zukunft sein Jagdamulett sein, denn die Mammutjäger schrieben einem solchen Bildwerk eine sehr zauberkräftige Wirkung zu. Wer beim Anschleichen die Nachbildung eines Tieres bei sich trug und mehrmals mit den Fingern betastete, der hatte damit in Wirklichkeit schon die Macht über dieses Tier gewonnen. Auf unbekannten Wegen zogen diese geheimnisvollen Kräfte in das Gebilde ein und übertrugen sich auf dessen Besitzer. So musste von jetzt ab nach dem Glauben seines Stammes der Jäger Flinkfuß gewaltige Macht über das Mammut besitzen. Nie würde es seine Jagdgründe verlassen, ja, sogar neue Tiere kamen in Zukunft aus der Ferne herbeigezogen.

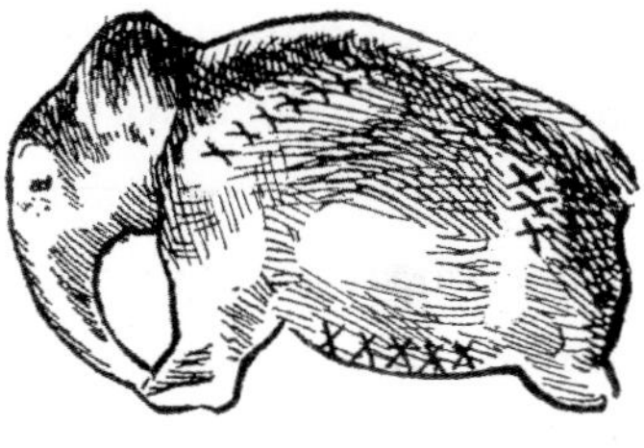

Elfenbeinerne Mammutfigur
etwa natürliche Größe

Raub der Weißfeder

Flinkfuß hatte die lange Winterszeit hindurch mehrere Rundfiguren geschnitzt. So verwahrte er in einem Versteck der Höhle einen niedlichen Panther, ein Wildpferd, einen Höhlenlöwen und andere Kleinkunstwerke. Langsam zog der Frühling über die Erde, und damit verließ Flinkfuß die Lust am Schnitzen. Alle Jäger des Tales atmeten befreit auf. Weiber und Kinder hockten auf den Höhlenvorplätzen herum und verrichteten dort ihre täglichen Arbeiten.

Unversehens fegte an einem schönen Vormittag eine fast unübersehbare Wildpferdherde mit ohrenbetäubendem Getrampel von Norden her quer durch das Flusstal. Sie zog in ihre neuen Weideplätze ein. Dahinter jagten brüllend eine Anzahl Löwen her, um die schwächeren Tiere abzufangen. Erregt eilten die Männer zu ihren Jagdwaffen, aber wie das kostbare Wild dahergebraust kam, so verschwand es auch wieder.

Auf dem Schlachtfelde am Lonefluss hatten die großen Wolfsrudel während der Wintertage gar mächtig aufgeräumt. Kein Toter war nach dem Wegschmelzen des Schnees mehr zu finden. Nur einige zersplitterte Waffen, Fellreste und Knochen gaben Zeugnis von dem erbitterten Kampfe.

In den Jägern war die Jagdlust wach geworden. Allenthalben verließen sie truppweise die Höhlen und zogen hinaus. Flinkfuß führte das Leben eines Jägers und Künstlers zugleich weiter. Langsam kam es ihm jedoch drückend zum Bewusstsein, dass er allabendlich allein am Herdfeuer saß. Auch im Rate des Stammes durfte er seine Meinung nicht äußern, weil er unbeweibt war. Oft schaute er nachts stumm auf das Herdfeuer, während er mit den Gedanken anderswo weilte.

Mit einem Male machte ihm das Beinschnitzen keine Freude mehr. Er sehnte sich, wenn das Lachen und Rufen in vielfachem Echo von den Talhängen schallte, plötzlich nach Menschen. Er machte auch häufiger Besuche bei den Sippen im Tale, und wenn ihm die Höhlenkinder mit lauter Freude entgegensprangen, so brachte er ihnen jetzt immer einen bunten Stein, eine seltene Vogelfeder oder irgendeinen Fund, von dem er glaubte, dass er Kindern gefallen müsse. Auf jedem der Höhlenvorplätze wimmelte es von Kindern, sie schienen recht gut zu gedeihen. Flinkfuß unterhielt sich jetzt auch mit den Weibern und erzählte ihnen selbst erdachte Schnurren, wobei er sie immer zum Lachen brachte. Zumeist waren die Weiber mit der Bearbeitung von Fellen beschäftigt. Dieses war eine mühselige Arbeit, die viel Geduld und Aufmerksamkeit erforderte. Flinkfuß machte sich bei einigen der ältesten Weibern dadurch beliebt, dass er ihnen die kostbarsten Felle vom Fett reinigen half und, um das Leder geschmeidig zu machen, einige Zeit daran herumkaute, was jenen deshalb oft schwerfiel, weil sie nicht mehr alle Zähne besaßen. Mitunter drehte er den Weibern auch Hasenbälge, die an langen Trockengerüsten in großen Mengen vor den Höhlen hingen, um an der Sonne zu bleichen.

Wenn sich Flinkfuß auf seinen Wanderungen durchs Tal einem Höhlenvorplatz näherte, auf dem Mütter mit besonders schönen Töchtern arbeiteten, dann entstand plötzlich eine Bewegung unter diesen. Die Töchter steckten meist die Köpfe zusammen. Ein Lächeln huschte über ihre Gesichter, und die eine oder andere sah den herankommenden Flinkfuß verstohlen an, bis

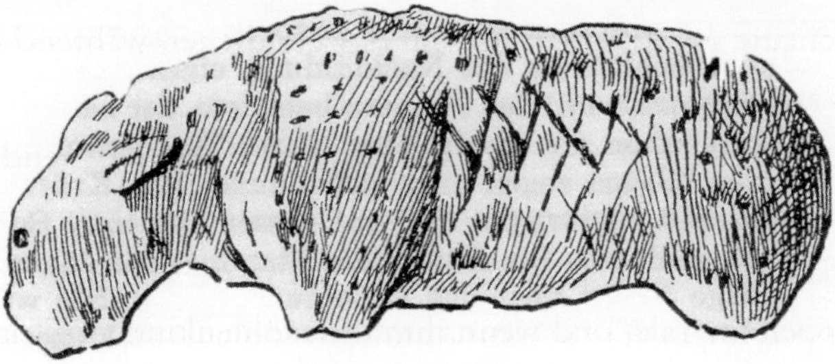

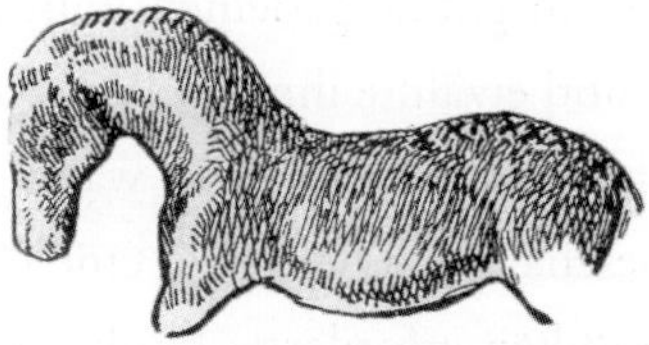

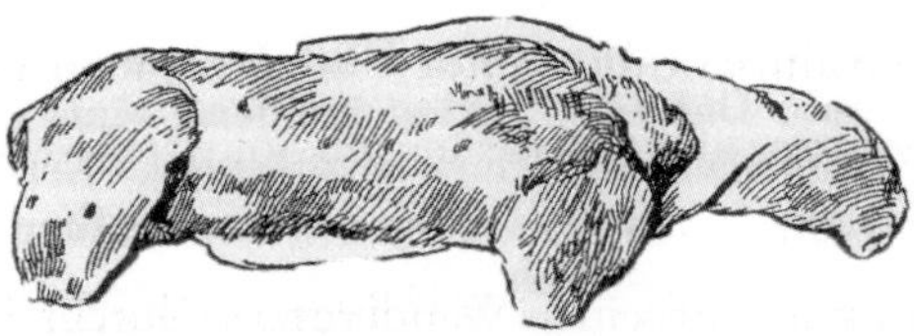

Oben: Aus Elfenbein geschnitzter Höhlenlöwe
Mitte: Elfenbeinerne Wildpferdfigur
Unten: Panther in Elfenbein geschnitzt
alle in natürlicher Größe

die aufmerksame Mutter ihrer Tochter einen nicht misszuverstehenden Puff in die Seite versetzte. Die älteren Weiber des Stammes waren seit der Ansiedlung im Flusstal dick, breit und behäbig geworden, und gar manche schob sich nur noch mühsam durch engere Höhlengänge. Solche Mütter pflegten aber ihre Töchter am eifrigsten zur Arbeit anzuhalten und plagten sie tüchtig mit der Zurichtung von Pelzen. Das Zuschneiden der wertvolleren Felle mit scharfen Jaspisklingen besorgten stets die älteren Weiber. Das Bohren von Löchern mit den Knochen- oder Elfenbeinpfriemen mustern dagegen die Mädchen besorgen, diese zogen auch die aus feinsten Sehnen angefertigten Fäden durch die Löcher.

Knochenpfriemen
2/3 natürlicher Größe

Häufig gab Flinkfuß aus seiner reichen Erfahrung für die Fellbearbeitung einen geheimen Kunstgriff preis, denn das Pelzwerk sollte möglichst weich und geschmeidig bleiben und vor allen Dingen seine Farbe und seinen Glanz behalten. Meist standen die Männer, wenn sie nicht auf Jagd abwesend waren, mit wichtigen Mienen dabei oder sie lagen, von einem Jagdzug erschöpft, faulenzend im Sonnenschein vor den Höhleneingängen, indessen die Kinder im Spiel über ihre ausgestreckten Beine stolperten oder im Übermut mit kleinen Steinchen nach ihnen warfen. Ganz bequeme braunhäutige Gesellen lagen den ganzen lieben, sonnigen Tag auf einer Schütte trockenen Mooses, die behaarten und schrundigen Arme unter dem lockigen Kopfe verschränkt, die Knie hoch angezogen und schwatzten oder träumten in den blauen Himmel hinein. Es gab aber auch Höhlen Vorplätze, auf denen die meisten der Mädchen und Frauen zwischen den Männern hockten, lagen oder schliefen.

Am liebsten ging Flinkfuß zur Höhle des Zobelhaar. Der Alte hatte noch eine junge Tochter, Weißfeder genannt. Diese war schlank und anmutig, hatte die feinsten Füße unter den Mädchen des Stammes der Mammutjäger, weiche braune Arme und träumende Blauaugen. Mit ihr unterhielt sich Flinkfuß gern. Mitunter brachte er ihr auch ein Geschenk, so einmal eine Wildpferdkniescheibe, auf der er ein Mammut erhaben ausgeschnitzt hatte, und die sie seitdem immer als Schmuck um den Hals trug.

Erhaben auf einer Wildpferd-Kniescheibe herausgeschabtes Mammut
2/3 natürlicher Größe

Sie hatte stets gejubelt, wenn er ihr eine neu geschnitzte Rundfigur zeigte. Ja, sie konnte aus Freude und Bewunderung in die Hände klatschen. Weißfeder wusste nicht, dass Flinkfuß um ihretwillen manche Nacht voll Harm am Höhlenfeuer durchwacht hatte. Aber oft leuchtete es in ihren Augen geheimnisvoll, als wüsste sie doch um all die Gedanken, mit denen der schweigsame Flinkfuß umging. Bei manchem Besuche sprachen sie nur wenig miteinander.

Aber ihre Blicke begegneten sich, sobald der Alte unaufmerksam war oder sich mit der Glättung von Pfeilschäften und der Schärfung von Beinspitzen beschäftigte. Seitdem Flinkfuß die Weißfeder des Öfteren besuchte, fand er am Alleinsein kein Gefallen mehr. Als er eines Tages von einem solchen Besuche wieder zu seiner Höhle zurückgekehrt war, verfiel er auf den Gedanken, Weißfeder naturgetreu in Elfenbein nachzuahmen. Wenn der Geist der Tiere in die von seiner Hand ihnen nachgebildeten Rundfiguren einzog, warum sollte dann nicht Weißfeders Geist in ihre Nachbildung einziehen? Weißfeder sollte, ja musste für ihn leben, aber ihr Geist würde durch Zauberkraft in das Elfenbeinwerk gezwungen. Mit diesen Gedanken machte er sich sofort an die Arbeit.

Anderen Tages ertappte sich Flinkfuß erschüttert bei der Erkenntnis, dass Weißfeder mit keinem Tier zu vergleichen sei und dass er sie nicht durch Zauber erlangen dürfe. Eine solche Handlung kam ihm als Erniedrigung vor, und das quälte ihn so lange, bis er verzweifelt das begonnene Schnitzwerk in der Asche seiner Herdstelle vor der Höhle vergrub. Er wollte Weißfeder mit Aufrichtigkeit gewinnen! Mochten andere Stammesgenossen an diesem Glauben hängen!

Aus tiefster Seele begehrte er nach einem Leben mit Weißfeder.

Nachts, wenn die Rufe jagender Uhus schaurig durch die Wildnis klangen, preschte er wie ein waidwundes Tier hinauf auf die Vogelherdkuppe. Nein, er wollte, er konnte Weißfeder nicht bezaubern, er wollte sie – rauben. Raub war eines Jägers nicht unwürdig. So berichteten die Ältesten des Stammes.

In einer hellen Nacht entschloss sich Flinkfuß, talauf zu wandern. Er verkroch sich in einiger Entfernung von Zobelhaars Höhle jenseits des Flusses in einem Gestrüpp niedriger Birken, die an einer sumpfigen Stelle wuchsen. Beim Herankriechen scheuchte er Rohrdommeln, Bekassinen und Kiebitze auf. Sie empfingen den Störenfried mit Kreischen und Pfeifen. Sein Ohr lauschte dem Sang des Nachtwindes, und seine Augen schauten hinauf zu den stürmenden, zerrissenen Wolken, hinter deren schmutzigem Grau immer wieder ein Stückchen Mond durch blitzte. Angestrengt starrte er auf die aus dem Dunkel aufstrebende Kalkwand, unter der sich der niedrige Eingang zu Zobelhaars Höhle öffnete. Von der Wand herab narrte ihn ein Wildkater mit großen gelben Augen. Dieser schnürte bedächtig zu einem Felsvorsprung, auf dem ihn fauchend seine Kätzin empfing und mit den Vorderpfoten nach den spitzen Ohren an seinem dicken Rundschädel hieb. Dann war die Nacht wieder still, und Flinkfuß sann darüber nach, dass jetzt Weißfeder in der Höhle dort drüben schlief. Als die Sterne erblassten, im Osten das Frühlicht kam und die Nachtnebelschleier aus dem Tale stiegen, verkroch sich der Lauscher tiefer im Gestrüpp, weil es mit dem ersten Sonnenstrahl in Zobelhaars Höhle lebendig wurde. Zuerst trat der Alte mit zwinkernden Augen, die noch vom Schlaf getrübt waren, vor die Höhle und warf Aschenreste den Vorplatz herunter. Die nächste Arbeit des Alten bestand darin, seinen Haarboden mit den Nägeln zu bearbeiten und die Moosreste seiner Lagerstatt aus dem wallenden Vollbarte zu klauben. Flinkfuß musste so lange ruhig bleiben, bis ihm wegen der unbequemer Lage ein Bein einschlief. Als Zobelhaar fertig war, ging er in die Höhle zurück und machte sich dort zu schaffen.

Hernach kam die schöne Weißfeder aus der Höhle, reckte und streckte sich einige Male und eilte flink an das flache Ufer des hier ziemlich breiten Flusses. Da warf sie sich behende auf den Bauch, spülte sich den Mund und trank, trank in vollsten Zügen aus dem klaren Fluss. Dann schlüpfte sie aus ihrem Lendenumhang, warf sich ins Wasser, prustete und plätscherte, versuchte an der tiefsten Stelle zu tauchen, watete auf und ab und legte sich nahe dem seichten Ufer lange still in das gleichmäßig strömende Wasser. Sie erhob sich, ließ das Wasser von ihrem Körper abtropfen, sprang ans Ufer und tanzte nackt auf dem bemoosten und begrasten Wiesengrund umher, bis sie völlig trocken war. Sie knüpfte ihren Umhang um, der nur aus vielen schmalen, weißen und ganz weichen Rentierfellstreifen bestand, richtete ihre langen braunen Haare zurecht und kauerte sich noch ein wenig in die Morgensonne. Schließlich erhob sie sich.

Leise richtete sich Flinkfuß empor und setzte in jagenden Sprüngen durch den Fluss. Sein Herz klopfte als er vor Weißfeder stand. Mit langem Blick und weit geöffneten Blauaugen sah Weißfeder auf Flinkfuß, und plötzlich war sie sich schuldbewusst. Rot und heiß schoss ihr das Blut zu den Schläfen. Durch ihre Finger ging ein Zittern, als müssten sie die ungestümen Schläge ihres Herzens verraten.

„Was willst du in der Frühe!", sprach Weißfeder.

„Ich komme, um dich zu holen!"

„Meine Brüder werden mich rächen, lass mich in Frieden."

„Nein, du sollst mein Weib werden", entgegnete Flinkfuß und legte seine Rechte auf ihre Schulter. Mit der Linken griff er unter Weißfeders spitzes Kinn und drehte ihr ovales Gesicht dem seinigen entgegen. Sie schauten sich an. Weißfeders Augen blickten weich. Eine ungekannte Seligkeit entstand zwischen den beiden Menschenkindern. Verstohlen huschte ein Lächeln um der schönen Weißfeder Mund, sie freute sich auf die Sonnentage ihres Lebens.

Weißfeder wusste, dass sie Flinkfuß nicht entkommen konnte, und im Grunde ihres Herzens wollte sie auch nicht fliehen, denn sie hatte von jeher an dem jungen Jäger Gefallen gefunden. Wortlos stand sie jetzt vor ihm. Sie fühlte, dass die Zeit nahe war, die ihre Schicksale ineinander schweißte. Aber nach dem uralten Gesetze des Stammes der Mammutjäger musste jeder, der ein Weib raubte, mit ihr zehn Tage fern des Stammes in der Wildnis verbringen, bis er wieder in ihre Gemeinschaft eintreten durfte. Flinkfuß fühlte sich jetzt ein wenig unbehaglich und verlegen. Er hatte das Mädchen mit Gewalt rauben wollen, er dachte an Überfall, Überrumpelung, an ein Handeln, da er keines klaren Gedankens mehr fähig wäre. – Und nun? – Weißfeder war ja willig. Sie standen beisammen. Eines hörte des anderen Atem. Keines wagte das Schweigen zu brechen. – Abermals wurde es in der Höhle drüben lebendig. Jetzt straffte sich Flinkfuß, griff nach der linken Hand des Mädchens und zog sie behutsam hinter die Büsche.

„Nun komm, Weißfeder", flüsterte er und wandte sich mit ihr zum Gehen. Ein würziger Duft stieg aus den Gräsern auf. Die Drosseln, Meisengimpel und Brandfinken wussten nicht mehr, wie sie den jungen Tag freudig genug bejubeln sollten. Wortlos schritten zwei Menschen vom Stamme der Mammutjäger mit leuchtenden Augen in die Wildnis, damit sie das Gesetz ihrer Ahnen erfüllten.

Die Großtierjagd

Zobelhaar lag vor seiner Höhle und hielt seinen Mittagsschlaf. Schweigend ruhte auch das ganze Flusstal unter den kräftigen Strahlen der Sonne. Selbst die gefiederten Sänger in den Birkenwäldchen und Wacholderheiden schienen zu schlafen. Von den glatten Kalkwänden und wild umrissenen Felstürmen des Tales strahlte in grellem Widerschein die aufgespeicherte Sonnenwärme zurück.

Zobelhaar warf sich auf die andere Seite und stöhnte im Schlafe. Er träumte wildes Zeug, denn er hatte sich zu Mittag mit einem ansehnlichen Stück aus dem Hinterbacken eines Wildpferdes den Magen überladen. Zobelhaars Träume kreisten um seine schöne Tochter Weißfeder. Es war sein großer Kummer, dass sie mit Flinkfuß davongegangen war, jedoch konnte er die Tat im Grunde verstehen. Schon bald, nachdem Zobelhaar in der Frühe das Fernbleiben seiner Tochter bemerkte, hatten sich ihre beiden Brüder mit Bogen, Pfeilen und Wurfspeeren wie Wölfe an die Spuren der Flüchtlinge geheftet und waren erst wieder zurückgekehrt, als sie aus der Ferne ihre Schwester mit Flinkfuß gegen Westen wandern sahen. Nach den Gesetzen des Stammes durften Flinkfuß und Weißfeder nicht weiter verfolgt werden. – Bewegten Herzens hatte der Alte die Botschaft seiner zurückkehrenden Söhne angehört und den Ältesten des Stammes von dem Vorfall Nachricht zukommen lassen.

Am andern Tage war durch Ältestenbeschluss eine Treibjagd auf Mammute angesetzt. Ein Jäger hatte unten im Flusstal einen starken Bullen mit mächtig geschwungenen Stoßzähnen ausfindig gemacht, der bei einer aus fünf Stücken bestehenden Herde in der Nähe eines Schuttstromes gestanden hatte. Beim Treiben wollte man mindestens den Bullen absondern und auf den Schuttstrom jagen. Daher wurde gegen Abend unter den Eingängen der meisten Höhlensiedlungen eifrigst geklopft, gedrückt und geschliffen. Die Jäger rüsteten sich zur Jagd.

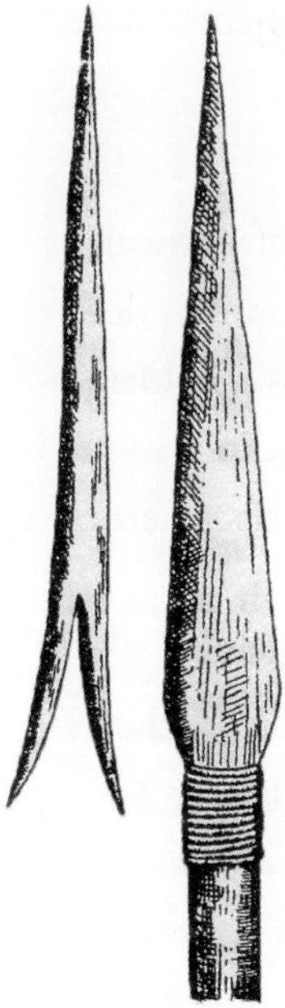

Elfenbeinerne Wurfspeerspitzen 2/3 natürl. Größe

Bedächtig prüften sie mit ihren Zeigefingern die Schärfe ihrer beinernen Wurfspeerspitzen und schliffen alsbald die eine oder andere an einem feinkörnigen Sandsteingeschiebe nach. Auch die elfenbeinernen Pfeilspitzen wurden sorgfältig nachgesehen. Manche Jäger fertigten sich neue Elfenbeinspitzen an, setzten diese mit ihren gespaltenen Enden auf fein mit dem Hohlschaber geglättete Holzschäfte und umwickelten sie mit noch feuchten, ganz schmalen Streifen, die aus der Haut des Wildpferdes geschnitten waren. Beim Eintrocknen zog sich die Haut zusammen, und nur mit erdenklichster Mühe konnte dann die Spitze vom Schafte getrennt werden.

Schon früh am Tage hatte sich die Jägerschaft im Tale unterhalb des Vogelherdes versammelt. Einige waren mit vordergewichtigen Holzkeulen, andere mit langen Lanzen erschienen. Etliche trugen das viel bewunderte Wurfholz bei sich, als dessen Erfinder Flinkfuß galt. Das gut geglättete Wurfholz bestand aus einem armlangen Holzstück, an dessen einem Ende sich ein Handgriff, am anderen ein Einschnitt befand. Der Jäger musste das Wurfholz mit der Rechten am Griff derart anfassen, dass er seinen Arm

Mammutjäger mit der Speerschleuder

rückwärts ausstreckte und dass, wie Flinkfuß zu sagen pflegte, das Wurfholz auf diese Weise einen verlängerten Arm darstellte. Der Wurfspeer musste, mit der Beinspitze nach vorn weisend, so auf das Holz gelegt werden, dass sein Ende in dem Einschnitt anstieß, dabei galt es ihn mit den Fingerspitzen der Linken in seinem vorderen Schaftabschnitt zu stützen. Wenn der Jäger nun solcherweise mit dem Wurfholz die Schleuderbewegung ausführte, so wurde dadurch die Wurfweite, Geschwindigkeit und Durchschlagskraft des Speeres ungemein gesteigert. Selbst Tieren mit starken Fellen rissen Speere, die mit diesem Gerät geschleudert worden waren, ganz erhebliche Wunden.

Hasenpfot, der Kleinste und Dickste seines Stammes, schätzte diese Waffe über alles, denn die Jagd fiel ihm seiner kurzen Beine wegen immer beschwerlich, und wenn bei seinen Genossen beim Speerwerfen aus bloßer Hand fünfundvierzig Schritte als waidgerechte Entfernung galten, so warf er seine Speere sechzig bis siebzig Schritte weit. Nach solchen Meisterwürfen schaute Hasenpfot immer mit listig blitzenden Äuglein um sich, denn er wollte ein wenig Wertschätzung einheimsen. Bei einer früheren Treibjagd hatte Hasenpfot zum Schrecken seiner Freunde seinen Wurfspeer auf diese Weise einem Wildpferd durch beide Oberschenkel geworfen, sodass das Tier eine Strecke elendiglich weiterhinkte und dann greulich wiehernd zusammenbrach.

Andere waren mit ihren Bandschleudern am Treffpunkt erschienen. Die Bandschleuder bestand aus einem in der Mitte verbreiterten Stück kräftigen Wildpferdleders, das nach beiden Seiten in schmale Riemen auslief. Einer der Riemen war länger und wurde um das Handgelenk geschlungen. Das Ende des anderen Riemens bestand aus einer Schleife, in die der Mittelfinger gesteckt werden musste. Legte man auf das breite Lederstück einen Kiesel und schwang die Schleuder einige Male über dem Kopf im Kreise, dann musste bei dem zuhöchst erreichten Schwung in der Richtung des Zieles die Schleife losgelassen werden. Auf solche Art konnte ein Stein fast hundert Schritte weit geschleudert werden.

Allmählich waren alle Jagdlustigen eingetroffen. Von jetzt ab musste jeder Lärm unterbleiben. Die fährtenkundigsten Jäger wurden aus dem Haufen ausgesucht. Diese bestrichen sich zuerst mit Schlamm und Lehm, um ihre menschliche Witterung zu verwischen.

Bevor die Fährtenprüfer abzogen, murmelten sie gemeinsam einige Beschwörungen, die ihnen Erfolg sichern sollten. Die Verteilung der übrigen Männer wurde ebenfalls sorgfältig vorgenommen, denn es galt richtig und

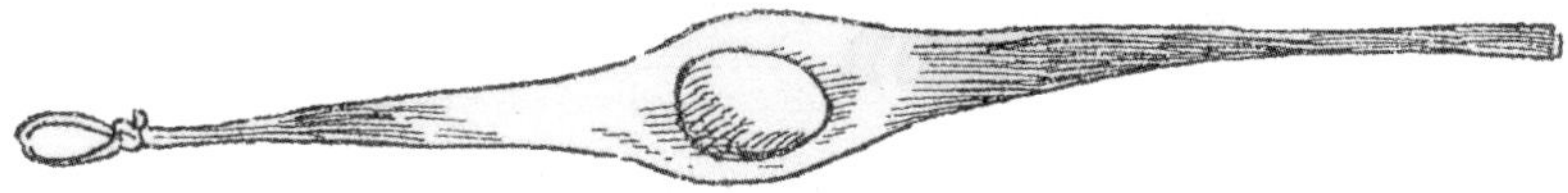

Bandschleuder mit aufgelegtem Kiesel

in zweckmäßiger Weise zu treiben. Schon waren die Spürer flussabwärts geschlichen, um den Standort der Mammute auszukundschaften. Jeder Spürer wusste, dass die Mammute immer ein großes Bedürfnis nach Wasser hatten und sich darum gern in der Nähe des Flusses oder an Tümpeln aufhielten. Sie richteten also demgemäß die Art ihres Anschleichens ein. Dieselben Leute waren früher, während der Wanderschaft des Stammes, immer auf Kundschaft ausgeschickt worden. Ihren Anführer hatten sie sogar einige Zeit hindurch nur mit Mammutfleisch ernährt, um ihn möglichst stark zu erhalten.

Der vorderste Fährtensucher streckte zwei Finger aus. Jetzt arbeiteten sich die Jäger hinter ihm zu seiner Linken und Rechten ganz leise vor. Er wies nach einer bestimmten Richtung. Etwas Rötlichgelbes reckte sich zwischen den hochstengeligen Schilfgräsern am Fluss, richtete sich empor und blieb starr. Ein riesiger Höhlenlöwe mit herrlicher schwärzlicher Mähne! Er begann herüberzusichern und gab ein ununterbrochenes, tiefes Grollen von sich. Unruhig peitschte er mit dem Schweife die Flanken. Plötzlich glitt er langsam aus dem Schilf, sprang in langen, prachtvollen Fluchten in einer Entfernung von ungefähr hundertfünfzig Schritten vorüber, blieb auf einer Kuppe stehen und zeichnete sich scharf gegen das Blau des Himmels ab. In seiner Unbeweglichkeit bot das Raubtier ein herrliches Bild. Endlich bewegte sich leise die schwarzbüschelige Schwanzquaste. Ein Satz! Der Löwe war verschwunden.

Die Spürer zogen weiter. Ihre Füße versanken oft in tiefem Morast, oft stießen sie an schroffen Fels. Nach einiger Zeit wurde auf einem Felsvorsprung ein Panther gesichtet, der sich schweifschlagend auf den Kalkstein drückte und das Tal zu überblicken schien. Einige Späher blieben am Flusslauf. Andere erstiegen den rechtsseitigen Hang, um den Panther auf der Felsenklippe anzuschleichen, denn ihr Sinn stand nach dem bunt in Weiß, Ockergelb und Schwarz gezeichneten Fell der ebenso kräftigen wie behenden, kühnen und verschlagenen Großkatze. Das Tier schien vor seinem Schlupfwinkel zu liegen, denn hinter ihm war ein Felsspalt sichtbar. Allem Anschein nach stand der Sinn des Oberzauberers, der sich am weitesten vorgewagt hatte, am begehrlichsten nach dem Pantherfell. Als das Raubtier den Oberzauberer in Pfeilschussweite hinter den nächsten Wacholdersträuchern heranschleichen hörte, wendete es die Lauscher nach der Richtung der Gefahr, hob jählings den Kopf und zuckte mit seiner Rute erregt hin und her. Seine Augen starrten wütend und gereizt, der Oberzauberer erkannte ein böses und wildes Flimmern in ihnen. Unheildrohend glühten ihn diese Augen an.

Der Panther duckte sich noch tiefer an den Kalkfelsen, knurrte, fauchte und zeigte die vier gleißenden, feucht schimmernden Dolche seiner Eckzähne. Jetzt schlug er mit der Rute hart auf den Kalkfels. Seine Flanke hob und senkte sich unter starkem Atmen. Er streckte die Vorderläufe, dass aus den Scheiden der Branten die scharfen Krallen hervorglitten. Langsam und vorsichtig drängte sich der Oberzauberer durch die dichten Wacholderbüsche. Endlich hatte er freies Schussfeld. Mit einem guten Schuss musste der

Panther erreichbar sein. Sich duckend kam die Katze herangeschlichen. Der Oberzauberer wusste, dass er sie nur noch fünf Schrittlängen heranlassen durfte, dann würde sie zum Sprunge ansetzen. Seine Hand zitterte keinen Augenblick, als er den Pfeil auflegte und zielte. Sein Leben hing von diesem Schuss ab. Mit zusammengekniffenen Augen zielte er ruhig. Er hielt seitlich auf die Kehle der Katze. Jetzt musste sie die fünf Schrittlängen heran sein.

Er sah, wie das Tier alle Kraft zum Sprunge zusammennahm, ließ den Pfeil los und schnellte sich hinter einen Busch. Sausend fuhr der Panther mit weit ausgestreckten Vorderläufen durch die Luft und fiel gerade dort nieder, wo soeben der Oberzauberer gekniet hatte. Blitzschnell legte der Schütze einen zweiten Pfeil auf und richtete ihn abermals auf den Panther, der mit einem gewaltigen Satz in die Höhe schnellte, als er den zweiten Pfeilschaft in der linken Flanke fühlte. Dumpfes Gurgeln kam aus des Panthers Kehle. Er überschlug sich, stürzte schwer vor dem Oberzauberer nieder und schlug so heftig mit seinen Branten um sich, dass Grasbüschel und Erde aufflogen. Ein schauriges Pfeifen entwich des Panthers Rachen, und seine Rute schlug gegen einen Wacholderstamm. Noch eine letzte Drehung des Tieres auf die Seite, dann streckte es die Branten gerade von sich, und die krummen Krallen traten nochmals aus ihren Scheiden. Zum letzten Male ging durch die Rute ein leises Zittern. Der Panther war tot!

Aufatmend trat der Oberzauberer näher. Beide Pfeile hatten gut getroffen. Er hatte Glück gehabt. Das schöne Fell war nur geringfügig durch die Einschüsse zerrissen, obwohl sich der Panther beim Sturze die Pfeile tiefer eingedrückt und die Holzschäfte zersplittert hatte. Der Jäger entnahm seinem Jagdbeutel ein langes Jaspismesser und zog seiner Beute das kostbare Fell ab. Dieses war eine umständliche Arbeit, denn er musste des Öfteren lauschend den Kopf heben und seine Umgebung mustern. Die übrigen Späher waren weitergezogen, als sie sahen, dass er das Raubtier glücklich zur Strecke gebracht hatte.

Nach getaner Arbeit belud sich der Oberzauberer mit dem Fell und verschwand in der Richtung, in der seine Jagdgenossen abgezogen waren. Bald hatte er diese wieder eingeholt. Sie beschlichen eben einen starken Riesenhirsch, dessen prachtvolles Geweih vollkommen reif war, denn er hatte schon gefegt und Feist angesetzt. Um das Anschleichen zu erleichtern, hatten sich die Jäger mit grünen Zweigen besteckt. Der Hirsch zog friedlich auf Äsung dahin. Jetzt watete er eine Strecke durch den Fluss und schöpfte.

Einauge hatte sich am nächsten an den Hirsch hinangeschlichen. Dieses Mannes Antlitz war durch einen Keulenhieb, der von der Stirne bis zum rechten Ohr verlief, grässlich verstümmelt und eines Auges beraubt. Daher trug er seit der Schlacht im Lonetal den Namen. Einauge warf ein Geröll aus seiner Bandschleuder. Krachend fuhr der Stein auf das Schädeldach des Hirsches und zerbrach es zwischen den Stangen. Er wankte und stürzte. Einauge sprang zu dem gestreckten Hirsch, zog seinen Knochendolch und gab ihm den Fang. Pferdehals half dem glücklichen Schleuderer beim Abhäuten der Beute und Lostrennen der beiden Keulen, der Blätter und des Ziemers. Schwer beladen zogen Einauge und Pferdehals wieder talaufwärts, für sie war die Jagd schon beendet.

Längst waren die Fährtensucher weiter talab gezogen. Jenseits des Flusses kam vom Fuße der an das Ufer tretenden Felsen ein Rauschen und Sprudeln. Dort drang aus Löchern und Spalten des Gesteins kristallklares Quellwasser. Leise und vorsichtig schlichen die Fährtensucher durch die hier unglaublich dichten Weidendickichte. Endlich konnten sie auf einer Lichtung wieder verschnaufen. Nach kurzer Rast drangen sie weiter flussabwärts. Das Gezweig der am Ufer stehenden Bäume ragte zumeist über die Wasserfläche und erreichte diese beinahe. Jetzt musste die Stelle kommen, an der die Verbindung mit den Treibern, die in weit ausholendem Bogen vorgegangen waren, hergestellt werden musste. Zwei der Fährtensucher arbeiteten sich daher den rechten Talhang hinauf. Kein Getier ließ sich blicken. Aber oben an der Talkante hockte schon ein Treiber, der sie längst erwartet hatte. Von hier aus bot sich eine schöne Sicht in die breite Flussaue.

Plötzlich entdeckte einer der Späher wenig unterhalb einer Flussschlinge ein Fellnashorn. Er zeigte durch das Gezweig hindurch seinen beiden Stammesgenossen den Dickhäuter. „Ein Fellnashorn – ein Fellnashorn", lispelten diese vor sich hin. Der Treiber gab nach rückwärts mit der Hand einige Zeichen. Aber nirgends war dort ein Mensch zu sehen. Unsichtbar zog die Treiberkette sich jetzt näher zusammen. Das nächste Zeichen galt den Spähern im Flusstal.

Das gewaltige Tier stand am Flussufer und sicherte bedächtig nach allen Seiten. Dann trank es in vollen Zügen, wobei es aber immer wieder den Kopf hob und auf Geräusche zu lauschen schien. Der Dickhäuter trug schwarzbraune, lange Haare, die im Nacken und an den Bauchseiten am dichtesten standen. Das kräftig nach rückwärts gebogene Vorderhorn mochte Armlänge haben, das hintere schien jedoch um die Hälfte kürzer zu sein. Offenbar beruhigt machte das Tier jetzt Anstalten, sich im Schlamme zu suhlen. Langsam begann es in dem Morast eine Wanne zu wühlen, wälzte und drehte sich so lange, bis der ganze Rücken, Schultern, Seiten und Unterleib dick mit Schlamm überzogen waren. Während des Wälzens und Trampelns ließ das Tier ein behagliches Grunzen und Knurren vernehmen. Endlich schien es sein Schlammbad satt zu haben. Nun fuhr es übermütig mit dem großen Vorderhorn unter einer Weide so lange am Wurzelstock herum, bis sie fast aus dem Boden gewühlt schien, drückte mit einem Vorderlauf den Stamm nieder, fasste ihn und zerrte ihn heraus, um die begehrten Wurzeln knabbern zu können. Dann tat es sich am Gezweig der in seiner Nähe stehenden Weiden und Zwergbirken, an Röhricht und niedrigen Kräutern, gütlich. Es bewegte während des Äsens fleißig seine Lauscher, und bald darauf war es ihm wegen der eifrig herumschwärmenden Bremsen und Mücken wieder ein Bedürfnis, ins Wasser zu gehen. Munter planschte der Riese im Fluss einher und blieb schließlich inmitten der sanften Strömung so stehen, dass ihm das Wasser bis an den Rückenfirst reichte. Behäbig lugte nur noch ein wilder Kopf über die Wasserfläche.

Indessen rückten Treiber und Späher in immer enger werdendem Halbkreise heran. Nur selten konnte das geübteste Auge einen der Heranschleichenden entdecken, denn ihre Oberkörper glichen durch die inzwischen getrockneten Schlamm- und Lehmkrusten ganz der Bodenfarbe der Umgebung. Je näher sie sich an das Wild heranpirschten, desto tiefer sanken sie in dem sumpfigen Untergrund ein. Die meisten der Jäger sahen sich fast immer wieder die Augen aus. Stand das Untier noch im Fluss? Ja, es stand noch dort und hatte jetzt sogar die Lichter geschlossen. Heimlich krochen die Jäger schrittweise immer näher heran, bis zur letzten Deckung. Die Beschleichung unter dem Winde war die denkbar günstigste, alle Jäger waren heran. Ein leiser Pfiff sollte für die Jägerschaft das Zeichen sein, dass alle Wurflanzen und Pfeile anzubringen wären. In atemloser Spannung, die Blicke auf das Fellnashorn gerichtet und mit den Waffen bereit, harrten die Werfer und Schützen des Pfiffes.

Endlich durchschnitt es die Stille – wi, wi! Mit einem Ruck wandte das Nashorn den Kopf und setzte sich sofort schnaubend auf das Ufer zu in Bewegung. Ein Wurfspeer- und Pfeilhagel fuhr auf das Tier los! Wie besessen stob die Jägerschaft nach allen Richtungen ins Gebüsch auseinander, denn wehe dem Unglücklichen, auf den der Blick des Tieres fiel! Mit Lanzen und Pfeilen gespickt, den Kopf gesenkt und das Horn voran, so pflügte das Nashorn geradewegs daher. Stämme und Äste zersplitterten krachend, entwurzelt fuhren die Weiden aus dem Boden, Erd- und Schlammklumpen sausten mit Zweigen, Blättern und Krautpflanzen vermengt durch die Luft. Alles vor sich niederreißend und zerstampfend brauste das getroffene Tier vorüber. Erst oben am Talrand blieb das Nashorn plötzlich stehen, drehte sich einige Male um und stürmte der nächsten Bergkuppe entgegen.

In toller Hast, fast atemlos, hetzten die Jäger hinterher, sie strauchelten und stürzten über Stämme und Wurzelschlingen, die Zweige klatschten ihnen um den Körper und schlugen sie ins Gesicht. Die Gier würgte ihre Kehlen! Immer weiter ging die Hatz über Kuppen hinweg und Mulden hinunter, bergauf, bergab! Bald durch Dickung, bald durch Gestrüpp, bald durch Morast, bald durch Schutt, bald über splitterigen Fels. Schweiß troff von den Stirnen und rieselte von den Körpern! Klatschnass waren die Lendenumhänge! Jagdtag war heute! „He, hello – he, hello!“, fuhr es gellend dahin.

Endlich wurde der Abstand zwischen Jägern und Wild immer kleiner. In wilden Sätzen kamen die Verfolger näher, die Schweißspuren wurden immer größer, hin und wieder lag eine kleine, dampfende Lache am Boden. Und dann stürzte der zottige Riese mit schwerem Aufschlagen und einem letzten Krach inmitten einer zerzausten Wacholderheide, alles unter sich verbiegend und zerbrechend, nieder.

Er lieferte manches Bratenstück für die Mägen der hungrigen Menschen. Das gewaltige Horn aber bekam der Oberzauberer, und ein Jäger sollte es ihm in die Höhle tragen. Einige der ältesten Jäger blieben bei der Beute. Sie mussten sie zerlegen und die Fleischteile abschleppen. Die jüngeren zogen weiter über die Hochebene. In lang ausgezogener Kette schritten sie dahin. Unversehens kam auf der nächsten Anhöhe eine Wildpferdherde in Sicht. Abseits stand ihr Wachthengst. Jetzt wandte dieser den Kopf, stellte die Ohren, weitete die Nüstern, stemmte die schlanken Läufe vorwärts und schlug mit den Hufen den Boden. Wiehernd stellte er sieh auf die Hinterläufe und machte schnaubend zwei Sätze nach vorne. Seine Herde wurde stutzig, rannte zuerst durcheinander, wendete schließlich geordnet und flog in herrlichen Sprüngen über die Hochsteppe dahin. Eine dichte Staubwolke stieg gen Himmel. Die Erde dröhnte unter den Hufschlägen der in dichten Reihen dahinstürmenden Herde, denn diese wusste, dass hier der ärgste Feind, der Mensch, im Anzuge war. Mancher feurige Hengst, manche edle Stute der Herde war schon zitternd und dampfend an einen Abgrund gejagt worden und nach letztem Sprunge über eine schroffe Kalkwand mit gebrochenen Läufen in der Tiefe liegen geblieben, bis der spitze Knochendolch eines Jägers das Leben beendete. Auch wurde manchem Fohlen durch den Schleuderstein ein Bein zerschlagen, es hinkte tagelang umher und fiel zuletzt den Wölfen oder Hyänen zum Opfer.

Allerlei Kleinwild stöberten die Jäger auf. Ihre Augen begannen den Boden nach großen Fährten abzusuchen. Weit draußen am Horizont rötete ein Brand den Himmel, die Steppe hatte Feuer gefangen. Vielleicht nach Abzug einer Jägerhorde von ihrem Lagerfeuer? Langsam näherten sich die Jäger auf einem Umweg wieder dem Flusstale, und endlich konnten sie die erste Mammutfährte finden. Die Kette hielt an, und einige Späher machten sich vor. Der Mammutwechsel lief von der Höhe zum Flusse hinab, und mehrmals lag frische Losung darauf. In der Mitte des Hanges wurde der erste Weg von einem zweiten gekreuzt. Noch wussten die Späher die Stärke der Herde nicht, denn diese Riesen hatten die Gewohnheit, fast immer genau in die Fährte ihres Vorgängers zu tappen. Links und rechts vom Weg waren von den Bäumen und Sträuchern Zweige abgebrochen. Viele Reste abgeschälter starker Äste lagen umher. Große Wacholderbüsche waren bis auf den Stamm ihres Geästes beraubt, in der Mitte abgebrochen oder aus dem Boden gezerrt. Auch war der Boden stellenweise mit den Stoßzähnen aufgerissen worden, es schien also doch ein starker Bulle hier zu wechseln. Unhörbaren Schrittes zogen die Späher zu Tale. Ab und zu warnte ein Vogel. Immer weiter folgten sie den Fährten und schlichen spähenden Blickes von Busch zu Busch. Nur ihr Schatten kroch ihnen nach.

Plötzlich versperrten ganze Haufen Stämme, Äste, Kronen und Wurzelballen des Wacholders und der Weiden den Mammutwechsel. Die Jäger äugten erregt umher. Sie schnupperten mit den Nasen. Ja, dort drüben hatten sechs Mammute ihren Stand inmitten einer Wiese aus Riedgräsern, Hahnenfuß und Mohn! Die Tiere fächelten sich mit ihren großen Schlappohren Kühlung zu. Einige hängten ihren langen, beweglichen Rüssel in den Fluss, hoben ihn wieder hoch und bespritzten sich den Rücken mit Wasser, das langsam an den Zottelhaaren wieder ablief.

Der Bulle trug ein Paar gewaltiger, weithin hellgelb leuchtender Stoßzähne, die nach innen und unten gedreht waren. Die Mammutkuh tastete ihr Kalb oftmals mit dem Rüssel ab und stieß es auch mit diesem sachte an die besten Weideflecke. Bisweilen rannte aber auch das drollige Kalb unfolgsam zwischen den Säulenbeinen seiner Mutter hindurch und quiekte vergnügt. Häufig prüfte der Bulle mit hoch erhobenem Rüssel, ob die Luft auch rein wäre. Dann raufte er wieder mit der Rüsselspitze ein Riedgrasbüschel samt den Wurzeln aus der Erde, klopfte das Grün etliche Male gegen den Boden, um es von anhaftenden Krumen zu säubern, und stopfte es schließlich in das Maul. Der Riese hatte sich schon einen ansehnlichen Fetthöcker für den kommenden Winter zugelegt.

Der Jüngste der Spürer musste eilends zurück und sich mit den Treibern über die Art des Angriffes beraten. Die Hälfte der Treiber sollte hierher stoßen, die andere dagegen versuchen, flussaufwärts das Tal zu überqueren und am jenseitigen Hange Verstecke beziehen. Bis jetzt stand die Mammutherde noch zwischen dem Fluss und den Jägern. Jenseits des Flusses stieg der gewaltige Schuttstrom an. Bei der einen großen Teil des Jahres hindurch herrschenden feuchten, regen- und schneereichen Witterung und den Gegensätzen zwischen der hohen Winterkälte und der sommerlichen Wärme begann an den steilen winterseitigen Hängen der Schutt zu fließen und zu wandern. An solchen Stellen drangen die Jäger nie gern durch. Selbst die Mammute blieben in solchen Fließerden stecken, rutschten langsam infolge ihrer Schwere tiefer, brachen oft die Beine und starben eines qualvollen Todes. Aus dem gegenüberliegenden Schuttstrom ragte kein anstehender Fels mehr hervor. Gleich halberstarrten Wellen schob sich die wasserdurchtränkte Fließerde heran, stetig dem Gefälle folgend, als schuttreicher Lehmbrei gleitend.

Im Gänsemarsch kamen die Treiber herbei. Unhörbar traten ihre Füße auf. Sie schwiegen, aber ihre Augen wanderten aufmerksam umher. Da zeigte ihnen ein Späher halbrechts die Mammutherde. Alle reckten die Hälse, um besser zu sehen. „Vorwärts", flüsterte der Anführer. Die Jäger arbeiteten sich hinunter bis an den Rand der Wiese und legten sich auf die Lauer. Gewohnheitsmäßig bespritzte der Bulle wieder seinen breiten Rücken rauschend mit Wasser und schüttelte die Ohren. Mit ungefügem Tapptapp berüsselte das Kalb da und dort die Wiese. Scheu und leise bewegten sich die Lippen der Mammutjäger. Bevor sie zu den Waffen griffen, mussten sie den Geist des Tieres zu versöhnen suchen, weil sonst die Herden für alle Zukunft das Jagdgebiet gemieden hätten.

Nur noch wenige Augenblicke herrschte Ruhe. Dann aber setzte auf ein Zeichen das Geheul der Mammutjäger ein. Wuhahupp – Wuhahupp – Wuhahupp – klang es ohrenbetäubend durch das Tal. Jäh warf der Bulle seinen Rüssel fast senkrecht in die Höhe und gab ein schmetterndes Trompeten von sich. Alle Tiere der Herde drehten unwillig die Köpfe, rollten die Rüssel ein, hoben die Ohren und rasten mit gewaltigem Dröhnen, lebhaft die Schwänze im Kreise schwingend, durch den Fluss, um in langsamem Trab den jenseitigen Talhang zu nehmen. Kaum hatte der Bulle den jenseitigen Talhang in halber Höhe erklettert, als auch dort ein gewaltiges Geschrei anhub.

Halt, was war das? Mürrisch quietschend stampfte der Bulle nach rechts ab, die Herde brach aber in der begonnenen Richtung durch, wobei sich das putzige Kalb immer unter dem Bauche der Mutter versteckte. Jetzt hatte es der Bulle eilig. Blindwütend wollte er wieder an den Fluss hinab. Doch plötzlich sanken seine Läufe tief ein und er kam ins Rutschen. Noch zehn Gänge, da stak der Riese mitten in dem Schuttstrom und musste stillhalten, denn er kam weder vorwärts noch rückwärts. Ein weithin vornehmbares Poltern drang aus seiner Brust. Wütend patschte und trommelte er mit dem Ende des Rüssels die Oberfläche des Schuttstromes und drückte geräuschvoll lange Atemstöße hinaus. Alles nahmen seine Augen jetzt wahr. Aber zu spät! Grundlos aufgeweicht schien der Boden, zäh und schlüpfrig. Ein Zittern lief über den Rücken des Bullen, langsam sank er tiefer. Und jetzt kamen die Menschen mit neugierigen Gesichtern! Grimmig äugte er nach ihnen hin.

Ihn, den Riesen unter den Tieren der Erde, hatten die Menschen überlistet! Wütend zog er Luft durch den Rüssel, surrend und burrend stieß er sie wieder aus. Unheimlich hielt ihn das Erdreich fest. Da half kein Drücken und kein Zerren mehr in diesem gelbbraunen Brei. Die Menschen schrien und fuchtelten mit den Armen. Sie rissen Wacholderzweige ab und warfen sie auf den Schuttstrom hinter seinem Rücken. Jetzt trat ein Kerl die Zweige leicht in den Boden ein, und immer näher wuchs der mit Wacholderreisern ausgelegte Pfad hinter ihm heran. Dem Bullen fiel es schwer, den Kopf zu drehen und das Machwerk des Menschen zu betrachten. Allmählich wurde er immer gleichgültiger. Aber unentwegt schleppten die Jäger Wacholderäste herbei. In weitem Bogen flog Ast um Ast immer näher an den fast im Schutt verschwundenen Rücken des Riesen heran. Übermütige Rufe ertönten!

Der erste Jäger tänzelte den Reisigpfad heran. Er schwang mit beiden Armen einen Kalkblock über seinem Kopf und warf ihn dem Bullen von hinten her auf den Schädel. Es klang dumpf und hohl. Der Bulle warf den Rüssel hoch. Seine Augen wanderten hin und her. Dann wurde sein Kopf müde.

Wieder kam leichten Schrittes ein Jäger die Reisigunterlage entlang. Der Bulle lüpfte die Ohren, äugte seitlich und schlug den Unvorsichtigen mit der Rüsselspitze, dass er mit einem Schrei durch die Luft taumelte. Ratsch, klang es, als der Jäger hintenüber wie ein Stein in die Fließerde schlug. Der Getroffene befühlte seine Rippen und ächzte. Hilfreich zerrten ihn seine Jagdgenossen aus dem Stein- und Lehmbrei. Und wieder kam ein Werfer vorsichtig über die Zweige daher, schwang seinen Felsklotz und ließ ihn wohlgezielt auf des Bullen Haupt niedersausen. Grimmig peitschte der Rüssel zurück und schlug noch ein paarmal seitwärts. Abermals fuhr ein kantiger Kalkblock auf den behaarten Dickschädel. Rumps – rumps, wieder zwei Treffer! Immer dunkler wurde es dem Recken vor den Augen. Rumps. Noch einmal drehte sich der struppige Kopf, peitschte der Rüssel Lehm und Steine umher, dass Wasser und Brei aufspritzten – und dann war es stille.

Langsam sank der Abend auf das vom Sonnenuntergang verklärte Tal. Auf dem Talrand stand im Westen riesig und rotglutend der Sonnenball. Sein letztes Rot glitt langsam über den nur noch leise zuckenden Rüssel des Mammuts. „Mammut tot!“, schrien die Jäger. Die Mutigsten wagten sich zuerst heran und stießen mit den Speeren nach dem unbeweglichen Kopf. Gefällt war der Riese unter den Tieren! Langsam sank er tiefer. Seine machtvollen Stoßzähne aber konnte er nicht mehr mit sich in die Tiefe nehmen, denn diese wurden ihm ungestüm von flinken, mit Schlagsteinen bewehrten Jägerfäusten ausgeschlagen.

Leise kam die Nacht, die Jäger zogen mit den kostbaren Elfenbeinzähnen heimwärts. Uh-uhuhu – wimmerte der kugelrund aufgeblasene Waldkauz aus seinem Versteck, als der letzte der Jäger mit geschultertem Wurfspeer um die Talschlinge bog.

Am Rande des ewigen Eises

Der Nordostwind fuhr pfeifend über die Kalkberge! Birken, Weiden und Wacholder duckten sich tief. Da und dort schimmerte zwischen dicken Wolken ein Stückchen Blauhimmel hervor. Zehn junge Männer zogen durch den Engpass unter dem Vogelherd hindurch gegen Süden. Flinkfuß schritt an ihrer Spitze. Er war mit seinem jungen Weib aus der Wildnis zurückgekehrt. Jeder der Männer hatte einen Lederbeutel umgehängt. Sie wollten jenseits des Großen Flusses aus seltenen Geschieben Steinklingen schlagen. Die Schar ging im Gänsemarsch. Auf dem Rücken jedes zweiten Mannes baumelte eine zusammengerollte Wildpferdhaut. Diese sollte beim Übernachten im Freien oder bei schlechtem Wetter immer zwei Männern Schutz gewähren. Ihre Bewaffnung bestand aus dem langen Wurfspeer sowie Pfeil und Bogen. Der Wind verhieß gutes Wetter, war erfrischend und stärkend. Rüstig schritten alle vorwärts.

Den Jägern schlug das Herz höher, als sie einmal von einem Hügelrücken aus den Großen Fluss vor Augen hatten. Bald verschwand die Schar wieder im Walde, der aus einem wüsten Gewirr eng ineinander verschlungener Stämme und Äste von kriechenden Weiden und Birken bestand. Dabei war das Krummholz so stark verfilzt, dass die Jäger nur auf Nashorn- und Mammutpfaden, die glücklicherweise alle zum Großen Fluss führten, hindurchkommen konnten. Plötzlich stellten sich fast unüberwindliche Sümpfe ein, aus denen gewaltige Mückenschwärme hervorbrachen und blutgierig über die halbnackten Jäger herfielen. Wurden die Wildpferde bei Treibjagden in solche Gegenden abgetrieben, so kamen sie hier langsam einsinkend jämmerlich um. Niedrige Wiesen wurden sichtbar. Diese waren fast den ganzen Sommer hindurch überschwemmt. Endlich konnten die Wandernden mit einem Freudengeschrei den Großen Fluss begrüßen. Er war an dieser Stelle so breit, dass selbst den geübtesten Steinwerfern die geschleuderten Flachkiesel in der Mitte des Flusses ins Wasser klatschten. Zur Zeit des Hochwassers war der Fluss wesentlich breiter und strömte reißend über sein geröllreiches, von vielen bewachsenen Kiesinseln unterbrochenes Bett. Über weite Strecken hinweg war der Fluss von ausgedehnten Moorwiesen begleitet, denn in gewisser Tiefe blieb der Boden immer gefroren. Wo sich die unwegsamen Moosmoore angesiedelt hatten, gab es keinen Wald, auch vermochten die Bäume mit ihren Wurzeln den ewig gefrorenen Boden nicht zu durchstoßen.

Über den nahen Altwässern stiegen und fielen die Scharen der Wildenten, als sich die Jäger ins Wasser warfen, um den Strom zu durchschwimmen. Ohne Schaden durchquerten sie den Fluss. Nach kurzem Aufenthalt wurde der Marsch fortgesetzt und ganz allmählich die Waldgrenze passiert. Jeder Schritt führte näher in die Tundra, in der noch einige Waldinseln auftauchten. An windgeschützten Stellen, wie Mulden, Bachtälern und sanften Abhängen, stellten sich riesige Weidendickichte ein, die fast Manneshöhe erreichten. Diese Weidenwälder konnten nur dort gedeihen, wo alljährlich der Boden tiefer auftaute und das Wasser die Wurzeln zu überrieseln vermochte. Nach oben erschienen alle Weidenbüsche wie gestutzt, weil alle Triebe, die die winterliche Schneedecke überragten, in den eisigen Winden erfroren. Immer wieder stolperte einer der Jäger über Äste und Zweige der Dickichte und begann zu schimpfen. Bei solchem Geschrei flohen die Rotdrosseln, Blaukehlehen und Spornpieper, die hier ihre Nester hatten, entrüstet zwitschernd und piepsend auf. Nur langsam nahm die Höhe des Strauchwerkes ab. Zu den Wollweiden gesellten sich jetzt noch Zwergbirken. Inmitten des Gestrüpps führten Zwerghartriegel, Fettkraut und Trollblume ein üppiges Dasein. Sanfte Hänge trugen herrliche Bestände der großblätterigen Pestwurz. An den Südhängen fuhren die Rentiere beim Nahen der Jäger erschreckt aus den bunten Blumenwiesen auf und setzten in weiten Fluchten dahin.

Die Wanderung führte nun über die morastige, flache Tundra. Laub- und Torfmoose fristeten sich hier kümmerlich durch und bildeten nach ihrem Absterben eine gleichmäßige Torfdecke. Bleichmoose schufen zahlreiche runde Schöpfe, zwischen denen Wasserlachen standen. Auf deren Grund wucherten dichte Polster aus Torfmoosen. Das Gehen über die schwankenden Moräste fiel den Männern recht beschwerlich. Dazu wurden sie von Tausenden von Mücken und Stechfliegen geplagt. Wieder bildeten Zwergbirken, Wollweiden und Krähenbeeren ein wildes, niedriges Gestrüpp, das das Vorwärtskommen ungemein erschwerte. Den Jägern drang der Schweiß aus allen Poren. Mit quietschenden Fußtritten schlugen sie sich durch ein Moor, das dicht mit Rauschbeeren, Preiselbeeren, Bärentrauben, Rosmarinheiden und Siebensternen bewachsen war. Die Moltebeere überzog mit ihrem dunkelgrünen Laube ganze Torfrücken, und mitunter erstrahlten weithin große Flächen von ihren weißen Blüten. Hin und wieder entdeckten die Jäger die Spuren der breitspaltenden Schalen des Rentieres.

Tiefere, fast immer sumpfige Stellen des Geländes blieben für die Jäger unbeschreitbar. Dort standen Lachen und Blänken, in denen saftstrotzende Sumpfgewächse gediehen. Leuchtendgrüne Bleichmoospolster ergaben einen quabbligen Untergrund. Dazwischen standen die dunkelbraunen Polster der Schlafmoose eingestreut. Stolz erhoben Ried- und Wollgräser ihre Schöpfe. Sumpfdotterblume, Blutauge und Fieberklee machten sich die kleinsten Fleckchen streitig. Leichte Windstöße fuhren kräuselnd über die vielen Wasserflächen und führten den betäubenden Wohlgeruch weißblühenden Hahnenfußes mit sich.

Langsam gewann die Landschaft ein welliges Aussehen. Hügel reihte sich an Hügel. Von mancher Kuppe stoben die Herden der Moschusochsen davon. Oft nahmen die Senken zwischen den Hügeln die Gestalt breiter Talsohlen an. Hier war der Boden undurchlässig, darum stauten sich Schmelz- und Regenwässer. Wohin das Auge von einer Kuppe aus sah, überall Moortümpel, Teiche und Seen, in denen sich das Blau des Himmels mit den weißen Wolkenbänken und Wölkchen spiegelte. Fast jeder Wasserspiegel war von einem Riedgrasdickicht umsäumt. Das Wasser der Bäche schlich trägen Laufs dahin und verlor sich oft in einem Sumpf.

Kaum merklich mussten die Jäger höher steigen. Die Feuchtigkeit des Bodens nahm stetig ab. Mergelschichten mit riesigen Geschieben, Kies- und Sandrücken traten vielfach zutage. Die Pflanzendecke des Bodens wurde ärmlicher und lückenhafter. Am häufigsten waren noch die Höcker der Haarmoose. Kleine Bodenflächen schoben sich ein, die nur aus festem, trockenem Lehm oder Sanden mit Geröllen bestanden. Hier konnten die Jäger mit weiten Schritten ausgreifen. An südwärts geneigten, steileren Hängen war der Boden von Trockenrissen durchzogen, aus deren Spalten die dürren Büschel der Schmielengräser hervorragten. Jetzt blieben die Zwergsträucher fast ganz hinter den Wandernden. Auch die letzten Trüppchen der Moorschneehühner und Schneehasen hatten sie weit hinter sich gelassen. Dafür erschienen weite Geröllflächen vor ihnen, auf denen fast nur Flechten, insbesondere Rentierflechten, gediehen. Die Gegend wurde mit jedem Schritte rauer. Selbst die Stechfliegen blieben zurück. In der Ferne bellten einige Eisfüchse, und hoch über den Jägern sauste ein Falkenpaar im Flugspiel durch die Luft.

Auf engen Landbrücken ging der Marsch zwischen großen und kleinen Seen weiter. Schon bewegten sich die Jäger in dem Gebiet der Schmelzwässer. Mit einem Schlage kamen unzählige Wasseradern, Flüsse, Bäche, Rinnsale und Tümpel. Immer wieder musste die Marschrichtung verlegt werden. In der Hauptsache nahmen die Gewässer ihren Lauf nach Norden zum Großen Fluss und brachten auf ihrem Wege ungeheure Schottermengen mit. Die Gerölle waren kräftig abgerollt und bauten Kiesmassen auf, die mitunter fast eine Ebene bildeten. Auf diesen Kiesplatten ging der Marsch der Jäger flinker vonstatten. Dazwischen kamen wieder Sandebenen. Oft verschwand die Jägerschar in einer Bodensenke, oft erschien sie auf einer Bodenwelle. Ein kräftig blasender Ostwind trug in der Ferne aus einer Schotterfläche feinen gelblichen Staub auf und wirbelte ihn hoch in die blauen Lüfte.

Nach längerem Marsch meinten einige der Jäger, es sähe aus, als ob das Eis hier vor kurzem abgeschmolzen wäre, denn völlig nackt und öde lag der Boden, auf dem sie dahinschritten. Eintönig grauer Gesteinsschutt, mit Wasser getränkt, beherrschte jetzt die Landschaft. In den Wannen zwischen den einzelnen Schutthügeln trat Wasser zutage.

Endlich war draußen im Sonnenglast einer der gewaltigsten Gletscherfächer zu erkennen, der sich auf das Vorland der Weißen Berge gelegt hatte, alles unter seiner Eiseslast erdrückend und ertötend. Staunend stießen die

Jäger auf ungeheure Felsblöcke mit Kritzern und Schrammen. Friedlich lagen diese zwischen Kiesen und Sanden, Mergeln und Schottern. Der Oberzauberer behauptete, dass diese Geschiebe einst unter dem Eise gelegen hätten und dass dieses sie vor sich hergeschoben und aneinander gequetscht hätte. Von höheren Bodenwellen aus konnte man deutlich sehen, dass ein halbkreisförmiger Wall aus Geschieben früher vom Eise herangedrückt worden sein musste. Sogar kleine Hügel waren ganz aus Rollschutt aufgebaut. In den Hügeln selbst konnten urplötzlich Senken und Gruben erscheinen, worin noch Eisklötze lagen, die langsam im Abschmelzen begriffen waren.

Nach der Ersteigung eines Geschiebewalles standen die Jäger vor einem See, auf dem ein riesiger Eisblock dahintrieb. Auf dem Block lagen unzählige Gesteinstrümmer, und manche von ihnen staken fest eingefroren mitten im Eis. Offenbar hatte das Eis diese Gesteinsstücke aus den Weißen Bergen herbeigeschleppt. Von Süden mündeten zwei träge Flüsse in den See. Ihr Wasser war durch feinstes Gesteinsmehl, das sie herbeitrugen, milchig getrübt. Die Jäger sahen in einer Bucht des Sees, dass sich diese Gesteinsteilchen als heller Ton abzusetzen begonnen hatten. Mit der Annäherung der Jägerschar an die Gletscherwand wurden solche Seen im Bereich des Eisrandes immer häufiger. Fast auf jedem See trieben einige Eisklötze. Das Gewirr der Schmelzwasserstrome wurde so dicht, dass Verbindungen zwischen den einzelnen Seebecken bestanden und andere Seebecken angezapft oder durch Anlagerung von Schutt deren Abflüsse verstopft wurden. Staunend bewunderten die Jäger die Macht des Wassers und Eises in dieser launischen und buckeligen Landschaft.

Nach einigen halsbrecherischen Klettereien auf losem Schutt und vorsichtigem Tappen über Stellen, an denen die Geschiebe mit einer feinen

Eishaut überzogen und zusammengebacken waren, stand die Schar vor der jäh aufstrebenden Eismauer des Gletschers. Strudelnd und wirbelnd brach das Wasser mit kräftigem Rauschen aus einem Eistor hervor und suchte nach kurzem Weg, überall gurgelnd, einen raschen Abfluss in dem Schuttgewirre. Von Zeit zu Zeit vernahmen die Jäger das Poltern der durch die Kraft des Wassers geschobenen Gesteinsblöcke. Sie rasteten auf einigen Findlingen in der Nähe der Eiswand. Hinter ihnen lagen gleich großen Kränzen die stattlichen, vielfach gewundenen Schuttwälle, Schotterkegel, Schottergürtel, Sandebenen, Kuppen und Mulden. Vor ihnen ragte eindrucksvoll das Eis empor, dessen drückenden Panzer nur wenige Bergspitzen durchstoßen hatten.

Von der hochgelegenen Eisfläche griff der Hauch des Todes mit kalten Eisfallwinden herab. Kein Lebewesen war dort droben zu sehen. Verlassen schien die starre Eisriesenwelt, und keinen Jäger verlangte danach, dort droben den Geheimnissen der Natur nachzuspüren.

Noch einen letzten Blick warf die Schar auf die in kalter Schönheit unter der Sonne erstrahlende Gletscherstirn, dann zog sie sich zurück und marschierte schnell der Tundra entgegen, die sie vor Einbruch der Nacht wieder erreichen musste. Bald würden ihre Spuren auf den Kies- und Sandflächen wieder getilgt sein.

Die Männer lasen allenthalben die gesuchten Geschiebe auf, die zur Herstellung der Steinwerkzeuge so geeignet waren. Immer wieder wurde in kleinen Abständen haltgemacht, wobei sich jeder niederhockte und mit einem rundlichen Kiesel, den er als Schlagstein benützte, von den aufgesammelten Geschieben eine Anzahl schmaler Klingen abtrennte. Manche Klingen waren gekrümmt. Diese erfreuten sich keiner Beliebtheit, und die Jäger ließen

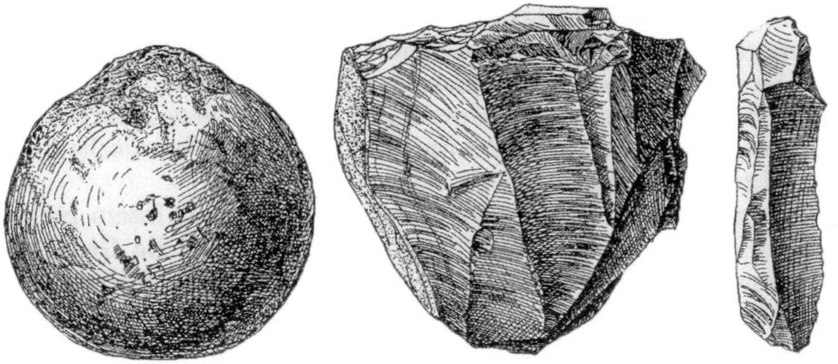

Schlagstein Geschiebekern Klinge
alle 2/3 natürlicher Größe

solche Stücke liegen. Nur die besten, geraden, flachen und scharfrandigen Klingen wanderten in die Lederbeutel. Manche der gesuchten Geschiebe waren stellenweise in großen Mengen vorhanden, besonders die rotbraunen und graugrünlichen. Ein sparsames Umgehen mit dem Rohmaterial war also nicht unbedingt nötig. Oft blieb eine Handvoll der Absplisse liegen, bevor der Steinschläger einige gut geratene Klingen des Mitnehmens wert erachtete. Nur aus ganz seltenen Geschieben, besonders solchen, die prachtvolle Bänderungen in Gelb und Weiß oder Blaugrau und Weiß aufwiesen, schlug jeder Finder sofort lange Klingen, die er anschließend in fertige Werkzeuge verarbeitete. Zur Herstellung des Werkzeuges wurde ein beinerner Druckstab benützt, mit dem man von den Rohklingen so lange ganz feine Steinsplitterchen abdrückte, bis jene eine bestimmte Form, etwa die eines Spitzschabers, einer Spitzklinge oder eines Doppelschabers erreicht hatten.

Bald waren alle Beutel bis obenan mit kostbaren Schmalklingen und fertigen Geräten angefüllt. Der Tag ging zur Neige, und die Jäger mussten

Lange Klinge
2/3 natürl.
Größe

sieh beeilen, wenn sie noch vor Einbruch der Nacht die ersten Weidendickichte erreichen wollten. Es nahte die letzte Leistung des großen Tagesmarsches. Immer noch blies der Ostwind aus den Schotterflächen große Staubwolken auf.

Endlich erschienen in der Ferne wieder die ersten Dickichte aus Weiden und Zwergbirken. Rüstig griffen die sehnigen Beine der Jäger aus. Als die Schar an dem Dickicht angelangt war, fielen die letzten Sonnenstrahlen darauf. Behutsam setzte jeder auf einer Lichtung seinen schweren Lederbeutel auf den Boden und atmete erleichtert auf. Viele geschäftige Hände schleppten Dürrholz herbei. Bald fuhren prasselnd die Flammen des Lagerfeuers gen Himmel. „Tak tak", lockten die vielen Blaukehlchen im Buschwerk. Die Schnee-Eulen, mit ihrem prachtvollen weißen Gefieder, ihren gelben Augen und hornschwarzen Schnäbeln, ließen erschreckt von der Jagd auf die Lemminge ab und äugten fauchend und knackend zu den Menschen herüber, die in ihr Herrschaftsgebiet eingedrungen waren. Entrüstet strichen die stattlichen Vögel ab und waren bald weit draußen in der Tundra verschwunden.

Drei der Jäger hatten sich entfernt, um auf einigen nahen Kuppen Schneehühner zu erlegen, die sich dort die Kröpfe mit Preisel- und Heidelbeeren füllten. Bald kehrten sie mit reicher Beute zurück, rupften und brieten die Hühner am offenen Feuer, und alle wurden satt.

Für die Nacht waren zwei hohe Reisighaufen bereitgelegt worden, die bis zum Morgen ins Feuer gewandert sein mussten. Wer die Wache hatte, der war auch verpflichtet, das Feuer zu unterhalten. Leichte Nebel stiegen auf. Sie verschleierten Tundra und Dickicht. Spukhaft ragten die Weiden und Birken in das herankommende Dunkel. Da traten die Umrisse der größten Kieskuppe, kaum fünfhundert Schritte vom Lagerfeuer entfernt, deutlich gegen den heller werdenden Himmel hervor. In einem Tümpel zitterte ein gelber Strahl. Heller wurde die Kieskuppe und hinter ihr schob sich die Scheibe des Mondes empor. Vollmondnacht über der Tundra! Schweigend blickte der Wachtjäger hinauf zu der fahlen Lichtscheibe und schob dann einen dürren Ast ins Feuer. Am Boden ruhten seine Jagdfreunde, ermattet vom Marsch durch Geröll, Sand, Staub, Sumpf und Wasser. Je zwei schlummerten unter einer Wildpferdhaut. Der große Tag vor dem Rande des ewigen Eises war vorbei.

Die Jünglingsweihe

Mancher kurze Sommer, mancher harte Winter war ins Flusstal gezogen. Flinkfuß war inzwischen Stammeshäuptling geworden. Weißfeder, sein Weib, hatte drei Söhne. Wenn diese nicht um das flackernde Herdfeuer saßen, so führten sie draußen in den Jagdgründen mit dem Vater ein freies Leben. Sie lernten schon beizeiten, wie man Tiere überlistet. Im Steinschleudern und Bogenschießen waren sie Meister. Manches Mal schaute Weißfeder mit stiller Wehmut auf die Jünglinge, wenn sie daran dachte, dass sie eines Tages von ihnen verlassen würde. Alle drei waren große, schmucke Burschen! Das Blut floss ihnen rasch in den Adern. Sie waren kerngesund, und erhob sich in freier Natur ob einer Jagdbeute ein Streit, so waren ihre Hiebe immer die gefürchtetsten. Oft kam der eine oder andere nach solchen Fehden mit einer Beule oder Wunde zur Wohnhöhle, aber nie fragte der Häuptling nach den Ursachen, denn er fand Genüge an den Wirkungen und freute sich im stillen darüber, dass die Jugend so streitbar war.

Der älteste Sohn, Schneehahn, zählte achtzehn Winter. Er war trotzig und besaß große, gefürchtete Fäuste. Unter der reiferen Jugend hatte er einen großen Anhang. Wildpferd, der Zweitälteste, war schlicht und gerad gewachsen. Er trug einen mächtigen, derbknochigen Schädel und schien der leidenschaftsloseste der Brüder zu sein. Manches Mal litt er darunter, dass der Mensch nicht nur Fäuste und Zähne, sondern auch ein Herz hat! Trotz seiner Stärke erhielt er daher unter seinen Brüdern zumeist die heftigsten Prügel. Der Jüngste, Sandkorn, war ein schlanker und schön gebauter Jüngling. Er hatte hellblonde Haare, und aus seinem offenen Blick leuchtete die Klugheit hervor, die schon seinen Vater in jüngeren Jahren ausgezeichnet hatte. Sicherlich würden die dreie dereinst als Erwachsene dem Stamme wichtige Dienste erweisen.

So war die Zeit herangekommen, da Schneehahn und Wildpferd für die Jünglingsweihe reif geworden waren. Die Weihe fand stets im Sommer statt. Wer zum Manne geweiht worden war, der musste sich eine neue Höhle suchen, galt als voller Jäger und durfte sich auch eines der Mädchen aus dem Stamme rauben und als Frau entführen. Zwischen diesen schönen Ausblicken in die Zukunft eines jungen Mammutjägers standen aber drohend die Schrecknisse der bevorstehenden Weihen.

Endlich, nach bangem Warten, war den Jünglingen mitgeteilt worden, dass Flinkfuß und die Ältesten des Stammes den Beginn der Jünglingsweihe festgesetzt hätten. Der Feierplatz lag in einer Mulde und blieb dadurch den Blicken Unberufener entzogen. Der heilige Bezirk war mit Wurflanzen abgesteckt, die auf den angrenzenden Höhen weithin sichtbar staken und an denen in Wildpferdblut getränkte Grasbüschel hingen. Es konnten also alle Stammesangehörigen wissen, wo die Weihe vorgenommen wurde. Während der Weihe durfte sich kein weibliches Wesen blicken lassen, denn es stand Todesstrafe auf dem Betreten des heiligen Bezirkes. Für die Weiber kam dann eine Wartezeit, aber sie durften sich in den Höhlen gegenseitig Schmause geben und machten davon reichlichen Gebrauch.

Alles, was über die bei diesen Festlichkeiten sich abspielenden Vorgänge den Weibern zu Ohren dringen konnte, beschränkte sich nur auf sonderbare Schreie und unheimliche Geräusche. Ebenso bestand auf dem Verrat der Geheimnisse der Jünglingsweihe strenge Strafe, der Missetäter wurde öffentlich mit einer aus den Borsten des Mammutschwanzes gedrehten Peitsche so lange gezüchtigt, bis er den Geist aufgab.

Die Weihe wurde mit dem Aufgang der Sonne durch lautes Rufen der Jäger vom heiligen Bezirke her verkündet. Die Jünglinge des Tales sammelten sich und zogen in langer Reihe nach der Mulde. Dort mussten sie sich im Kreise aufstellen. Sie wurden von den Jägern des Stammes umringt, die um beide Augen mit fettvermengtem Rötelpulver je einen roten Kreis gezogen hatten. Auf den Stirnen der Jäger waren mit dem Zeigefinger drei Farbtupfen und auf jeder Wange drei gerade, waagerechte Striche aufgetragen. Häuptling Flinkfuß war mit völlig eingeröteltem Gesicht erschienen und trug nur auf der Stirne als Zeichen seiner Würde einen weißen Kreis.

Unvermutet trat der Oberzauberer in den Ring der Jünglinge. Er erschien in einer Tracht, die ihnen ein leichtes Gruseln einflößte. Sofort begann er einen Tanz, der zuerst langsam, dann stetig schneller ausgeführt wurde und zuletzt in ein wirbelndes, schwindelerregendes Kreiseln ausartete. Dazu schwenkte er die Arme und stieß sonderbare wilde Rufe aus. Immer toller schrie und brüllte der Oberzauberer, zog widerliche Grimassen und verfiel zuletzt in ein Hin- und Hertaumeln, wobei er sich mit dem Bösen Geist unterhielt.

Nach diesem Spiel brach er erschöpft an der Erde zusammen und verkündete mit schwacher Stimme, dass der Böse Geist von ihm gefordert hätte, den Jünglingen eine Reihe von Proben aufzuerlegen. Wenn diese Proben alle bestanden würden, dann sei der Böse Geist mit ihnen als Opfer zufrieden.

Zwei Zauberer trugen den Oberzauberer, Großer Wolf, hinweg. Im Nu trat er aber wieder in den Kreis. Jetzt stak er in einer Rentierhaut und trug auf dem Kopfe das Geweih eines Renbockes. Statt des kurzen Wedels war an der Rentierhaut eine Mammutquaste angebracht. Wieder fing der Tanz inmitten des Kreises der Jünglinge an, dabei bekam jeder von ihnen mit dem schöngeschnitzten elfenbeinernen Zauberstab einen wuchtigen Hieb auf den Kopf und musste seinen Namen nennen. Stockte einer der Jünglinge, so empfing er sofort einen zweiten oder gar dritten Hieb. Bei dieser Handlung hatten die Jäger um die Jünglingsschar einen zweiten, dichteren Kreis gebildet. Ihr wilder, einförmiger Gesang übertönte die Schmerzensrufe und das Stöhnen der Jünglinge. Als deren letzter seinen Schlag auf den Kopf erhalten und seinen Namen gestottert hatte, mussten sich alle ihrer Gewänder entledigen und davor niederhocken. Auch der Oberzauberer legte seine Rentierhaut mit Geweih vor sich nieder. Er trug auf nacktem Leibe den heiligen Gürtel, dem bei der Anrufung des Stammesgeistes besondere Kraft innewohnte. Dieser Gürtel bestand aus blendend weißem Rentierleder, und daran baumelten ein durchlochter Bärenzahn, der Fuß eines Bussards, ein Bündel Borstenhaare vom Mammut, ein Netzchen mit gedörrten Preiselbeeren, die getrocknete Harnblase des Weißfuchses, ein Schneespatz und ein Knochenstab mit Kerben. An einer aus den Schwanzhaaren des Wildpferdes gedrehten Schnur hing über seiner Brust eine kunstvoll durchbohrte, längliche, glänzende Elfenbeinplatte und ein zierliches Knochenbüchschen mit Ockersalbe. Unter dem Murmeln einer Beschwörungsformel schnitt der Oberzauberer mit einem in Elfenbein gefassten Jaspismesser in den Knochenstab eine tiefe Kerbe.

Jetzt setzte sich neben den Oberzauberer links und rechts ein Zauberer. Von diesen trug jeder einen breiten Bauchgürtel aus Wildpferdhaut, woran lange Lederfransen herabhingen, die an ihren Enden je ein Paar Rentierhufe trugen. Auch um ihre Beine hatten sie Tanzrasseln aus Rentierhufen gelegt. Die beiden Zauberer erhoben sich wieder und bewegten unter lebhaftem Beinstampfen den Oberkörper hin und her. Dabei klapperten dumpf die Hufe.

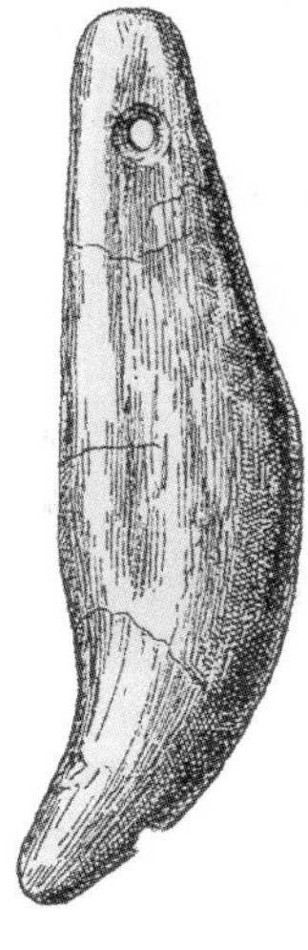

Durchlochter
Bärenzahn
2/3 natürl. Größe

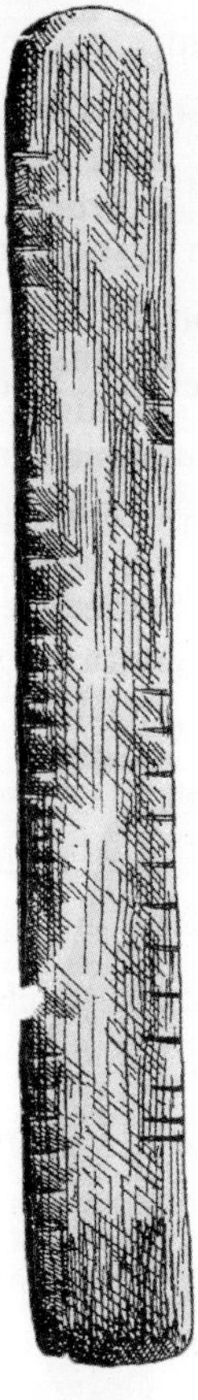
Kerbstab
2/3 natürl.
Größe

Bald war der Oberzauberer mit dem Einschneiden der Kerbe fertig. Er holte unter seiner Rentierhaut ein Ledersäckchen hervor, dem er zwei Hände voll getrockneter Blätter entnahm. Diese legte er auf ein Steinplättchen. Inzwischen hatten die Zauberer ihren Tanz beendet und knieten nieder, um mit zwei Holzstäben, die sie aneinander rieben, ein Feuer zu entfachen. Jeder nahm einen kleinen Feuerbrand und brachte damit die Blätter auf dem Steinplättchen zum Glimmen. Jetzt ergriff Großer Wolf das Steinplättchen, ging reihum zu den Jünglingen und blies jedem den feinen Rauch und Dunst des Krautes so lange unter die Nase, bis er langsam betäubt umsank. Keiner konnte dem erstickenden Geruche standhalten. Eifrig im Kreise umherschreitend, räucherte der Oberzauberer die Daliegenden so lange ein, bis das Kraut völlig verbrannt war.

Während des Schlafes der Jünglinge ließen sich die umstehenden Männer auf die Knie nieder und hüben ein eintöniges Gemurmel an. Einer der Ältesten verteilte aus einem Hasenlederbeutel die sorgsam gehüteten länglichen Schwirrbeine. Diese Geräte bestanden aus ganz flachen Elfenbeinstücken von spitzovaler Form, waren an einem Ende durchbohrt und mit einer gedrehten Sehne versehen. Die Jäger ließen die Elfenbeinplatten an der Sehne über ihren Häuptern so schnell kreisen, dass sie schwirrende und sausende Töne erzeugten. Keinem der Weiber durfte ein solches Schwirrbein je zu Gesicht kommen. Bei

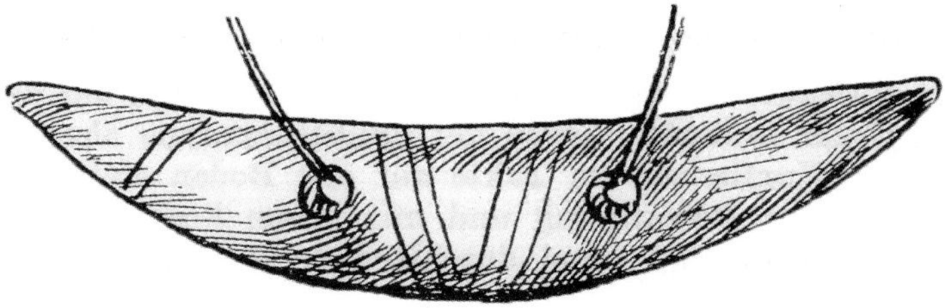

Elfenbeinerne Brustplatte 2/3 natürlicher Größe

diesen galt der Ton des Schwirrbeines als die Stimme des Großen Geistes, der sie, wo sie sie auch immer hören mochten, schleunigst entfliehen mussten.

Lange lagen die Jünglinge in ihrer Betäubung am Boden. Endlich erwachten einige. Sofort verschwanden die Schwirrbeine. Jedem der Erwachenden zog der Oberzauberer mit Rötelsalbe einen Kreis um das linke Auge. Die so Gezeichneten musste sich erheben. Schließlich war auch der letzte wach geworden. Unter dem dumpfen Schall der Handtrommel ließ nun der Oberzauberer die Jünglinge ständig abwechselnd bald auf dem einen, bald auf dem anderen Bein im Kreise herumhopsen.

Nach diesem Tanze durften sie sich wieder setzen. Verschmitzt lächelnd hockte sich der Oberzauberer auf seine Rentierhaut. Zu seinen Seiten nahmen wieder die beiden Zauberer Platz. Nach Namensaufruf hatte jeder der Jünglinge vor dem Oberzauberer zu erscheinen und niederzuknien. Beide Zauberer bemächtigten sich je eines Armes des Knienden, und der Große Wolf brachte ihm mit einer Jaspisklinge mitten auf der Brust drei tiefe Schnitte bei. Die Schmerzensrufe der Jünglinge wurden durch wilden Gesang der

Jäger übertönt. Dann bekam jeder Jüngling einen Ockerkreis um das rechte Auge gezogen.

Vor Beginn der nächsten feierlichen Handlung mussten die Jünglinge an einer anderen Stelle der Mulde in einer Reihe antreten und im Takte mit ihren Händen die Schenkel schlagen. Die Zauberer hockten am Boden und sangen mit tiefer Bassstimme. Zwischen den Zauberern und Jünglingen erstreckte sich ein seichter Graben von fünf Schritten Breite und zwanzig Schritten Länge. Er war mit Kalkplatten ausgelegt, auf denen ein Holzfeuer brannte. Neben der Zauberergruppe aber standen, lange Wurflanzen im Takte auf den Boden stoßend, die Jäger in voller Bewaffnung und mit ihrem kostbaren Halsschmuck aus Muscheln und durchlochten Tierzähnen geziert. Alle Bewegungen mit Armen und Beinen wurden dabei aufs genaueste durchgeführt. Um die Hüften trugen alle Jäger einen Umhang, der aus vielen Lederstreifen bestand, die bis zu den Knien herabhingen. Ihre mit Fett eingeschmierten Körper glänzten im Sonnenschein. Unversehens stürzten sich auf einen Wink des Oberzauberers die beiden Zauberer vor und schlugen mit Wacholderzweigen die glimmenden Holzkohlen aus dem Graben. Mit schriller Stimme befahl der Oberzauberer die Jünglinge zum Feuerlauf. Nacheinander hüpften sie in langen Sprüngen auf einem Bein über die heißen Steine. Kein Schmerzensruf durfte laut werden, denn ein solches Benehmen hätte als größte Schande vor den Männern gegolten.

Nach dem Feuerlauf erhielten die Prüflinge drei Farbtupfen auf die Stirn, das waren die Marken, die als Anzeichen der Heiratsfähigkeit bewertet wurden. Alle setzten sich wieder im Kreise um den Oberzauberer. Er machte sie mit den Gesetzen des Stammes bekannt und erzählte ihnen vom Großen

Geiste, der in den Gestirnen, dem Rauschen der Dickichte, dem Schneesturm und Gewitter lebe. Die lange Geschichte vom Ahnen des Stammes, der durch die Erlegung eines Mammuts vom Hungertode gerettet worden und dann den Mammutherden von Osten gen Westen gefolgt sei, wurde den Jünglingen dreimal erzählt.

Ehrend wurde auch jenes Mannes gedacht, der Pfeil und Bogen erfunden und damit die Macht der Mammutjäger begründet hatte. Unter solchen Erzählungen war der Abend hereingebrochen. Jünglinge und Männer verbrachten die Nacht um ein riesiges Lagerfeuer. In diesem wurden um Mitternacht die Gewänder der Jünglinge verbrannt. Jeder bekam jetzt einen neuen Umhang. Erst dann hatte der Schlaf das Recht, die Ermüdeten bis zum Anbruch des Morgens ihre Peinigungen vergessen zu lassen.

Dum-dum-dum-dum. Die Handtrommel weckte die Schläfer, als im Osten der erste Lichtschimmer hervorkroch. Alle Jünglinge waren schrecklich matt und hungrig, denn sie hatten gestern keine Mahlzeit bekommen und durften auch jetzt nichts zu sich nehmen.

Die Festteilnehmer ordneten sich zu einem langen Zuge und schritten gegen Norden. An der Spitze marschierten die Zauberer, sodann kamen die Jünglinge und schließlich die stämmigen Jäger, die eifrig ihre Schwirrbeine in Bewegung setzten. Vor einem Felsspalt am Fuße einer Kalkkuppe machte das Ganze halt, denn der Marsch wurde durch eine Reihe in den Boden gesteckter Pfeile gehemmt, hinter denen der Schädel eines Mammuts lag. Feierlich zogen die Zauberer die Pfeile aus der Erde und übergaben sie dem Oberzauberer. Alsdann ergriffen sie den Mammutschädel und verschwanden mit ihm in dem Spalt. Schweigend wartete der Zug.

Nach langem Harren kam aus dem Spalt ein Ruf, und die Jünglinge traten unter der Führung des Oberzauberers bergeinwärts. Zuerst tappten sie im Dunkel eines langen, schmalen Ganges. Aber plötzlich erweiterte er sich zu einer mächtigen Halle, in deren Mitte auf dem Boden eine lange Reihe brennender Fackeln stak, die aus zusammengedrehten Wacholderästen bestanden und die Höhlenwände mit glutendem Schein übergossen. An einer Höhlenwand waren Holzpflöcke eingelassen, an denen Bogen und Pfeile hingen. Dort sahen die Jünglinge auch erstaunt eine Anzahl feiner Beutel aus Hermelinpelz, die ihren Inhalt nicht erraten ließen. In kunstvoll aus Steppengras geflochtenen Netzen und Taschen schienen lange Ockerstifte zu liegen, und aus einem niedlichen Roßhaarnetz schimmerten weiße Muschelschalen

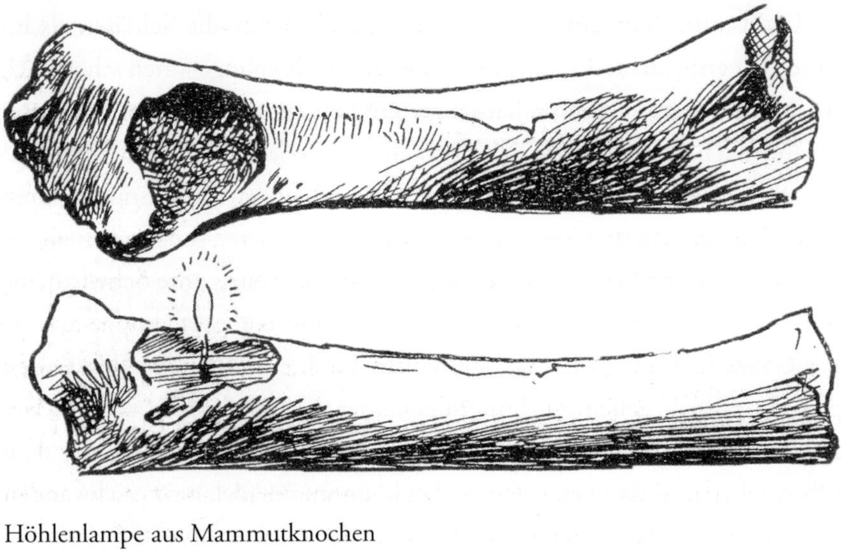

Höhlenlampe aus Mammutknochen
1/6 natürlicher Größe

hervor, die aus fernen Gegenden stammen mussten. An langen Schnüren aus Darm hingen getrocknete Kräuter nach sorgfältiger Wahl. Der herrlichste Schatz aber bot einen prächtigen Anblick dar. Fünfundzwanzig gewaltige Mammutstoßzähne glänzten, säuberlich aufgeschichtet, aus einer Nische hervor. Vor ihnen lagen am Boden, in dichten Reihen angeordnet, unzählige der breitkronigen Backenzähne desselben Tieres. Von den Felswänden leuchteten sonderbare Handabdrücke. Mitten aus diesen Betrachtungen wurden die Jünglinge durch eine Stimme aufgeschreckt, die aus dem Hintergrund der Halle kam und sie aufforderte, ihr zu folgen.

Zum zweiten Male tappten alle durch einen dunklen Gang. Doch langsam erweiterte sich auch dieser zu einer geräumigen Halle. In deren Spalten sah man ausgehöhlte Schenkelknochen des Mammuts mit Steinen eingekeilt. Diese ausgehöhlten Knochen waren mit Fett angefüllt, in denen ein langer Docht aus getrockneten Flechten steckte. Jetzt brannten die Dochte mit trüben Flämmchen.

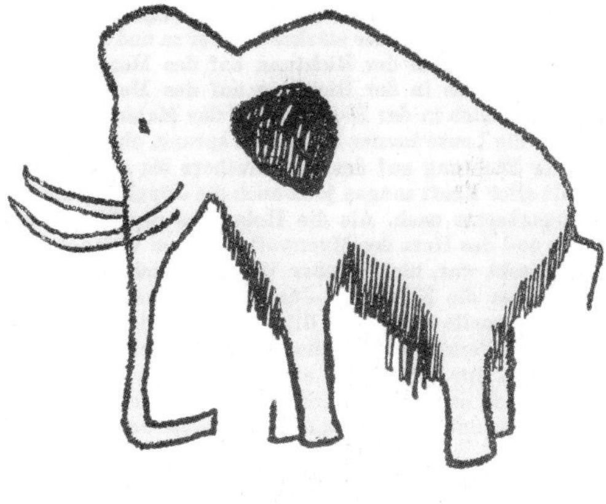

An der Höhlendecke aufgemaltes Mammut

Aber, was erblickten die staunenden Jünglinge an den Höhlenwänden? Sie standen jetzt vor dem Geheimnis aller Dinge ihres zukünftigen

Lebens als Volljäger! Die ganze Tierwelt der Jagdgründe schien hier lebendig versammelt zu sein. Als unbedingte Herrscher traten sie hier den Tieren gegenüber, und sie fühlten ein absonderliches Machtbewusstsein in ihrer Brust aufsteigen. Andere fühlten stärker denn je die innersten Beziehungen des Menschen zum Tiere, jeden Augenblick konnte er verhungern, wenn es ihn verließ, jeden Tag musste er loswandern, wenn es die Weidegründe meiden sollte. Flüchtig und vergänglich wie das Tier in der freien Natur, so war auch der Mensch im Flusstale.

Hoch oben an der Decke der Höhlenhalle war mit Rötel die Umrisszeichnung eines Mammuts angebracht. Den Jünglingen schien es verwunderlich, wie dieses Bild dort oben gemalt worden sein konnte. Sie staunten ob des menschlichen Geistes, der nach seinem Willen dieses Tier naturhaft mit Rötel festhielt. Auf dem Bilde lag aus dunklerem Ocker ein großer Fleck, das Herz des Mammuts.

Alle Jünglinge stellten sich im Kreise unterhalb dieses Bildes auf. Der Oberzauberer nahm eine an der Wand stehende Holzlanze, trat in den Kreis der Jünglinge und begann mit ihr auf den Boden zu stoßen. Immer stärker stieß er zu und sang: „Meine Lanze, bewege dich in der Richtung auf das Mammut. Meine Lanze, bewege dich in der Richtung auf das Mammut. Meine Lanze, bewege dich in der Richtung auf das Mammut!“

Allmählich hüpfte die Lanze immer höher und sprang, ohne zu schwanken, in der Richtung auf das Mammutherz bis an die Höhlendecke. Mit aller Kraft sangen jetzt auch die Jünglinge die Worte des Oberzauberers nach. Als die Holzspitze der Lanze stumpf geworden und das Herz des Mammutbildes von vielen Aufprallnarben bedeckt war, hielt Großer Wolf plötzlich inne. Er warf die Lanze über die Köpfe der Jünglinge hinweg in die Halle. Ergriffen murmelte er, auf das Bildnis schauend, den Umstehenden die Zauberformel zur Gewinnung der Mammute vor. Seine Stirne glühte vor Erregung, er flüsterte zum letzten Male: „Komm zu uns, dein Herz wird nicht mehr gesund!" Schwer hob sich die Brust des Oberzauberers. Dann war es still. Nur zwei Fledermäuse gaukelten gespenstisch durch den Raum. In den Schläfen der Jünglinge klopfte das Blut. Ihre Wangen glühten im Scheine der Fettlampen.

Mit einem Ruck raffte sich der Oberzauberer wieder zusammen. Verwegen und stolz stampfte er durch den Kreis der Jünglinge und trat vor die hintere Wand der Höhlenhalle. Der Große Wolf befahl den Jünglingen, sich nach ihm umzudrehen. Da erschauten sie hinter ihm an der Höhlenwand drei Nashörner, die teils tief in den Kalk eingeritzt, teils aufgemalt waren. Jeder der Jünglinge erhielt einen Rötelstift und musste damit einige Rillen der Felszeichnung nachfahren. In gemeinsamer Arbeit waren bald alle Rillen eingerötelt. Nach diesem durften sie wieder zurücktreten und ihr Werk betrachten. Als sie die Nashörner erblickten, dachten sie an Blut, Blut und nochmals Blut, so rot leuchtete der Rötel von der fahlgelben Kalkwand.

Großer Wolf trat vor die Nashörner und kreischte dreimal laut: „Wo du auch weilest, ich breche dir das Horn!" Dann warf er wuchtig und schwer

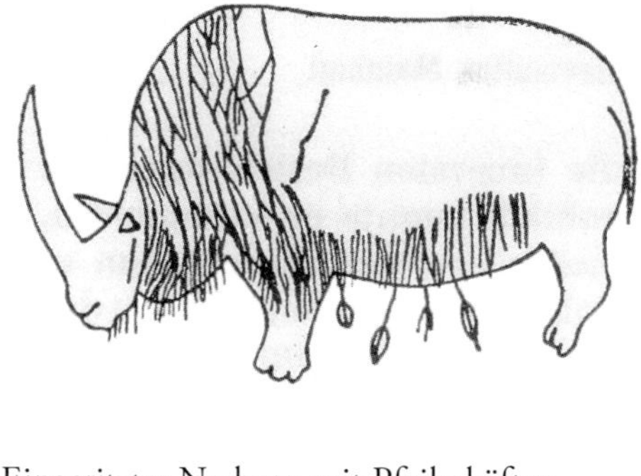

Eingeritztes Nashorn mit Pfeilschäften

eine Lanze nach einem der Nashörner. „Wo du auch weilest, ich breche dir das Horn!“, murmelte die Schar der Jünglinge.

Über den Nashörnern war eine Wildpferdherde aufgemalt. Einzelne der Tiere hatten pralle Bäuche, andere waren schlank, schienen zu grasen, federnd einherzutänzeln oder mit Hufgestiebe dahinzufegen, einige stutzten und andere setzten zur Flucht an. Wieder schallte die Stimme des Oberzauberers durch die Halle. Prüfend schritt er, mit einem Pfeil auf dem gespannten Bogen, hin und her. Unvermutet schoss der Große Wolf rasch den Pfeil nach dem Hals eines der fettesten Pferde ab. Darauf erhielten die Jünglinge den

In der Kalkwand der Höhle eingeritzte Wildpferde

Auftrag, hintereinander mit dem schweren Bogen des Großen Wolfes einmal nach einem der Pferde zu schießen. Damit alle Pferde wiedererstehen sollten, wurden die abgeschossenen Holzpfeile aufgesammelt, in eine Fohlenhaut gehüllt und vom Oberzauberer beiseite getragen. Da riefen alle: „Wir haben Löwen, Panther, Bären und Wölfe, eure Feinde, getötet! Bleibet in unseren Jagdgründen!"

Die feierliche Handlung nahte ihrem Ende, als die Jünglinge hintereinander, auf den Fersen schreitend, an einer großen Bisonherde vorbeigehen und jedem der Tiere einen Grasbusch zuwerfen mussten. Am Ausgange der Halle

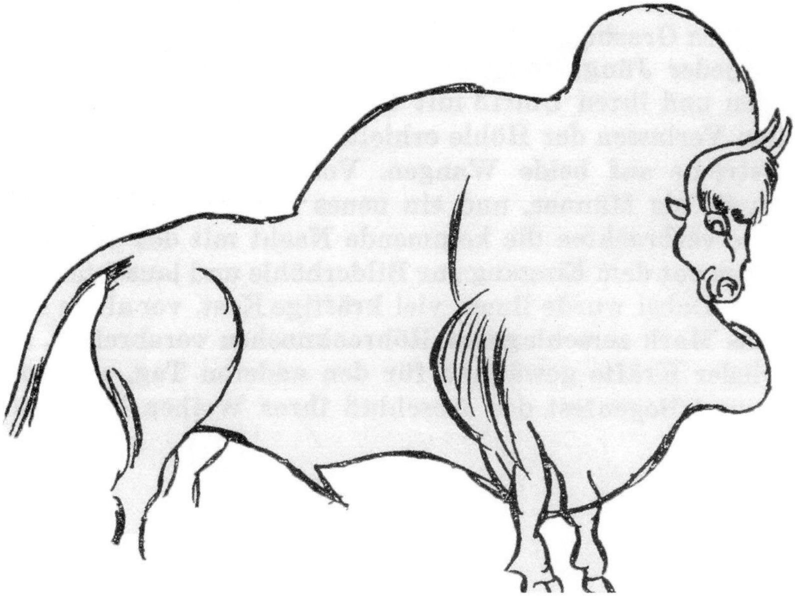

In der Felswand eingeritzter Bison

musste jeder Jüngling die linke oder rechte Hand an den Fels drücken und ihren Umriss mit Rötelsalbe ausschmieren.

Handabdrücke

Beim Verlassen der Höhle erhielten nun alle die waagerechten Rötelstriche auf beide Wangen. Von diesem Augenblicke an galten sie als Männer, und ein neues Leben tat sich vor ihnen auf. Sie verbrachten die kommende Nacht mit den Ältesten des Stammes vor dem Eingang zur Bilderhöhle und lauschten weisen Worten. Dabei wurde ihnen viel kräftige Kost, vor allem Fleisch und das Mark zerschlagener Röhrenknochen verabreicht, damit sie wieder Kräfte gewännen für den anderen Tag, an dem das Pfeil- und Bogenfest den Abschluss ihrer Weihen bilden sollte.

Das Pfeil- und Bogenfest

Mit dem Mittag des folgenden Tages strömten die Festlustigen, insbesondere Weiber und Kinder, in den nun freigegebenen heiligen Bezirk ein. Alle kamen reich geschmückt.

Weißfeder trug ein seltsames Halsgehänge aus Muscheln mit herrlichem Perlmutterschimmer. Ihre Haare hatte sie kunstvoll mit feinen, roten Lederstreifen durchflochten. Unter ihren schönen Blauaugen waren zwei braunrot glänzende Halbmonde aufgemalt. Bekleidet war sie mit einem Ledergürtel, woran unzählige tiefschwarze Schwanzhaare des Wildpferdes geknüpft waren, die sich bei jedem Schritte teilten. Flinkfuß erschien in ihrer Begleitung. Sein Gesicht war mit glänzendem Eisenrahm eingerieben, und nur die Lippen trug er geschwärzt. An seinem Halse baumelte die Mammutfigur aus Elfenbein inmitten einer Kette aus durchlochten Eckzähnen des Höhlenlöwen. Um seine Hüften bog sich ein gelber Ledergürtel, der rundum mit den buschigen Schwänzen des Eisfuchses behängt war. Großer Wolf erschien in einem stattlichen Mantel aus Pantherfell. Durch die Löcher seines elfenbeinernen Zauberstabes hatte er heute die gelben Haare eines halben Pferdeschweifes hindurchgezwängt. In Scharen wogten die Jäger hinter ihm her in den heiligen Bezirk. Auch diese trugen Umhänge mit Lederfransen, Halsschmuck aus durchbohrten Tierzähnen, Tierklauen oder durchlochten Elfenbeinscheibchen. Ihre Waden hatten sie mit fettvermengtem Ocker eingerieben. Je vier der Jäger hielten den Zipfel einer Wildpferdhaut, in der sie Beeren, Kräuter und Fleisch zum Festschmaus herantrugen. Die Weiber kamen mit ihren schön geputzten Töchtern Arm in Arm herbeigeschlendert, gefolgt von Kindern. Die vielen Säuglinge blieben den ältesten Weibern überlassen.

Der Stamm lagerte sich an den Hängen der Mulde, in deren Mitte jetzt Flinkfuß und der Oberzauberer standen. Hoheitsvoll schaute Flinkfuß um sich und grüßte nach allen Seiten. Ein langgezogener Ruf vom Eingang des heiligen Bezirkes her verkündete die Ankunft der jungen Männer. In einer Reihe zu dreien marschierten sie flinken Schrittes herbei. Lauter Jubel empfing die prächtigen Burschen, die, ganz mit Fett eingerieben, im Sonnenschein glänzten. Der Oberzauberer grüßte, indem er die Hand mit dem Zauberstab senkrecht in die Höhe hob. Sein scharfgeschnittenes, kluges Gesicht bewegte sich nur unmerklich, als er dem Großen Geiste mit einer Formel die jüngsten Männer der Mammutjäger zum Schutze empfahl.

Den Auftakt zum Feste bildete ein Wettlauf, der mit einem Hochsprung über eine Gruppe stehender Männer endete. Lauter Beifall belohnte die Springer. Nach diesem Vorspiel stellten sich die jungen Männer zum Ringkampf auf. Dieser bot viel Gelegenheit zu fröhlichem Lachen, denn durch das Einfetten der Körper fiel es jedem Kämpfer äußerst schwer, seinen Gegner anzupacken. Prüfend schauten die Alten und bewundernd die Mädchen den Ringkämpfern zu. Sieger im Ringkampf blieb Schneehahn. Im Speerwerfen musste mit drei Würfen aus fünfzig Schritten Entfernung ein mit Gras ausgestopfter Wolf getroffen werden.

Kaum war dieses Kampfspiel zu Ende, so stimmten die Zuschauer einen Gesang an, der so lange währte, bis die Zauberer zwischen zwei Pfählen eine Bisonhaut ausgespannt hatten, auf der mit Rötel kleine Tierdarstellungen aufgemalt waren. Der Oberzauberer hob vor der aufgespannten Haut seinen Stab in die Höhe. Da verstummte der Gesang. Sämtliche Bogenschützen sammelten sich in siebzig Schritten Abstand vor der aufgespannten Haut. Die vordersten Bogenschützen lagen auf der Erde. Hinter diesen kniete eine zweite Reihe und in der dritten Reihe standen die größten der Männer. Jetzt hob Flinkfuß den Arm. Schwirrend prallte ein Pfeilhagel gegen die Haut, die vielfältig durchlöchert, sofort von den Zauberern wieder abgenommen wurde, um später in der Bilderhöhle aufgehängt zu werden. Wieder begleitete ein Gesang aller diese Handlung.

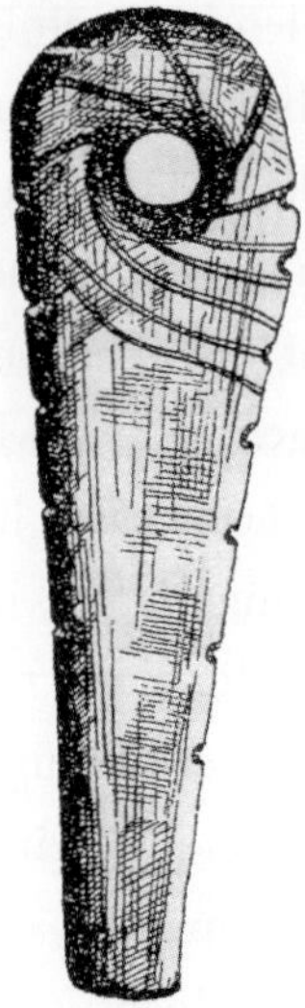

Pfeilstrecker
2/3 natürl. Größe

Eifrig begannen die Zauberer mit den Vorbereitungen für das nächste Wettspiel. Auf vier langen Pfählen wurden aus feuchtem Lehm geknetete, kleine Figuren von Mammut, Nashorn, Wildpferd und Bison aufgestellt. Eifrig glättete jeder Schütze mit dem elfenbeinernen Pfeilstrecker die schlanken Holzschäfte seiner Pfeile. Es kam nun darauf an, dass die Einzelschützen aus fünfzig Schritten Entfernung auf jedes der Tiere drei Pfeilschüsse abgaben und möglichst viele Treffer errangen. Die Freude der Zuschauer stieg bis zur Ausgelassenheit, wenn ein Bogenschütze alle vier Tiere von den Pfählen herunterschoss oder sie mit seinen Pfeilen spickte. Sobald ein Schütze seiner Pflicht genügt hatte, musste er seine Pfeile wieder holen.

Mit dem Einbruch der Nacht wurde ein Holzstoß angezündet. Hell loderten die Flammen daraus empor, und als der Vollmond am Himmel erschien, gesellten sich zu den jungen Männern die Mädchen des Stammes. Sie setzten sich einander im Halbkreis um das Feuer gegenüber, erhoben einen schwermütigen Gesang und luden den Oberzauberer zum Tanze. Nach wenigen Augenblicken erschien dieser. Am Körper phantastisch geschminkt und auf dem Kopfe die Maske eines Bisons tragend, tanzte Großer Wolf mehrmals im Kreise um das Feuer. Nacheinander kamen auch die Zauberer in derselben Vermummung heran und umzogen, wie Bisons grollend, sich beschnuppernd, hüpfend und kämpfend einige Male das Feuer. Freudig klatschten alle Zuschauer in die Hände, und die Bisons verschwanden mit lustigen Sätzen in der Menge.

Ein neuer Gesang, worin der Große Geist um die Sendung zahlloser Wildherden angerufen wurde, schwoll an. Alle schauten gegen Osten. Plötzlich fuhren von der umgebenden Anhöhe der Mulde rotglühende Streifen hinauf in den Nachthimmel und kamen in weiten Bogen wieder zur Erde hernieder. Die Ältesten des Stammes schossen zur Ehre des Großen Geistes mit Brandpfeilen gegen Osten. Dem erhabenen Schauspiele folgte nun der allgemeine Abendschmaus, der bis tief in die Nacht hinein dauerte, denn alles was herbeigeschleppt worden war, musste aufgegessen werden.

Langsam sammelten sich nach dem Schmause die jungen Männer und Mädchen, um wieder in zwei Halbkreisen am Feuer niederzuhocken. Vom Feuer aus musste ein schmaler Streifen freigelassen werden, welcher nach Art eines Ganges mitten durch die Zuschauer hindurch ins Freie führte. Alle Mädchen hatten Blumen ins Haar geflochten. Sie begannen zu singen und schwangen im Takte Arme und Oberkörper anmutig bald nach links, bald nach rechts. Das Ganze war ein Sitzreigen. Immer rascher wurde der Gesang, immer schneller folgten sich die Bewegungen. Die Mädchen klatschten in die Hände, und die Männer begannen, sich auf die Schenkel zu schlagen. Plötzlich sprang eines der Mädchen auf. Es war von prachtvollem Wuchs. Sein Körper bebte, es begann einen rasenden Tanz ums Feuer. Auch einige andere Mädchen, von der Lust gepackt, sprangen hoch. In wildem Taumel glitten und wirbelten sie dahin. Die züngelnden Flammen des Lagerfeuers glitten über ihre ebenmäßigen Körper, aufgelöst flogen die Haare um ihre erhitzten Gesichter, die Fransen der Lendenumhänge wirbelten. Ringsum jauchzten die Zuschauer!

Wie auf ein Zeichen schnellten sich nun die jungen Männer empor, berauscht von dem leidenschaftlichen Tanze der Mädchen, die inzwischen alle um das Feuer jagten. Von Augenblick zu Augenblick wurde der Tanz rasender. Gelle Schreie hallten durch die Luft. Alle Männer tanzten in entgegengesetzter Richtung. Jeder schwang in der Linken zwei Wurfspeere über seinem Kopf und stieß von Zeit zu Zeit einen scharfen Ruf aus.

Da ergriff Schneehahn mit der Rechten aus dem Mädchenwirbel die Schönste heraus. Um ihre erhitzten Gesichter krauste sich lockiges Haar, und auf ihre schlanken Leiber warf das Feuer blutrote Lichter. Beide lachten sich an. Ein Sprung! Sie schienen auf einen Augenblick in dem Flammengeprassel verschwunden. Funken stoben auf. Doch eilenden Laufes wurde das Paar in dem schmalen Streifen zwischen den Zuschauern nochmals gesehen, ehe es in dem Dunkel der Nacht verschwand. Paar um Paar sprang durch das Feuer. Glühende Holzkohlen und schwere Wolken von Wacholderrauch wurden aufgewirbelt! Männliche Kraft und weibliche Anmut begleiteten jeden Sprung. Alle Paare wanderten hernach geräuschlos in die Nacht.

Die jungen Männer vom Stamme der Mammutjäger hatten sich ihre Frauen gewählt und geraubt. Nur zwei Jünglinge hatten sich nicht entschließen können, jetzt schon ein Mädchen zur Frau zu wählen. Sie wollten noch warten und bei anderer Gelegenheit einen Mädchenraub ausführen. Lautlos verschwand der große Zug hinter der nächsten Anhöhe, und die Alten sahen ihm lächelnd nach.

Der Böse Geist regt sich

Wie unberechenbar doch das Leben sein konnte! Nach einem rauen und stürmischen Jagdtage kam Flinkfuß erschöpft in seine Wohnhöhle und klagte über Schmerzen beim Atmen. Bis zum Morgen war das Übel noch schlimmer geworden. Weißfeder ließ den Oberzauberer holen. Alle Ältesten versammelten sich in der Höhlenhalle und hockten an der Feuerstelle nieder. Der Kranke stöhnte bei jedem Atemzuge. Neben ihm kauerte der Oberzauberer und hatte in einem Gefäß, aus der Hirnschale eines Rentiers gefertigt, gelbe, getrocknete Blätter mit Wasser übergossen, um deren Heilstoffe auszuziehen. Unter dem einförmigen Gesang des Oberzauberers musste der Kranke durch ein Stückchen Röhrenknochen einen kleinen Schluck einsaugen. Währenddessen murmelten die Anwesenden leise vor sich hin.

Als der Häuptling die Schale nach mehreren Zwischenpausen geleert hatte, verfiel er schnell ermattend in starken Schweiß und wurde vom Oberzauberer in mehrere Pelze eingehüllt. Der Kranke phantasierte bald. Tief beugte sich der Oberzauberer über ihn, um jedes gesprochene Wort aufzufangen, und bald schien er auf diese Weise den Grund der Krankheit entdeckt zu haben.

Er erhob sich und verkündete mit singender Stimme den Ältesten: „Ein böser Geist hat von Flinkfuß Besitz ergriffen. Der Geist verübt Schlechtes in seiner Brust. Flinkfuß ist auf ein Wiesel getreten und erschrocken. Das Wiesel ist in Flinkfuß."

Die Anwesenden sprachen jeden Satz ganz leise nach. Daraufhin trat der Oberzauberer bedächtig zu dem Kranken, legte sich neben ihn nieder und flüsterte ihm die Worte ins Ohr: „Wenn du es gewesen bist, dann komme heraus!"

Als der Kranke stöhnte, griff der Oberzauberer unter die Wolfsfelle und zog das Fellchen eines Wiesels heraus. Freudestrahlend erhob er sich, zeigte das Fellchen den Anwesenden, legte es auf einen Stein, bespuckte es dreimal und warf es zuletzt in das Herdfeuer. In stolzer Haltung verließ der Große Wolf die Höhle.

Und am anderen Morgen erhob sich Flinkfuß so gesund wie ehedem vom Lager, ging auf die Jagd und erlegte für den Oberzauberer ein Fohlen. Flinkfuß brachte seine Jagdbeute zur Bilderhöhle, in der der Große Wolf mit dem Zerstoßen von Rötel und weißem Kalk beschäftigt war. Er hatte drei brennende Fettlampen vor sich stehen und kniete auf einem schönen, weichen Rentierfell. Großer Wolf erzählte, dass er eine weitere Höhlenhalle entdeckt habe und dass nur ein schwerer Felsblock beiseite gewälzt werden müsse.

Je älter der Oberzauberer wurde, desto mehr und desto lieber lebte er in seiner unterirdischen Welt. Selten verlöschten seine Fettlampen. Auch machte er in seiner Unterwelt wundervoll anzuschauende, große Lehmfiguren, für die ihm Flinkfuß einige seiner Rundfiguren aus Elfenbein als Vorlagen zur Verfügung gestellt hatte.

Aus diesem Grunde brachte ihm Flinkfuß seit seiner schnell erfolgten Gesundung bis in den Herbst hinein immer wieder ein Stück Wild, damit der große Zauberer mehr seiner Kunst leben konnte. So bemerkte Flinkfuß eines Tages, dass der Große Wolf im Sinne hatte, den Tierzauber seines Stammes zu vertiefen. Ergriffen lauschte er manchen neuartigen Worten seines Freundes. Seit der letzten Jünglingsweihe hatten sich die Wände der Bilderhöhle sehr verändert. Schon in der ersten Halle hatte Großer Wolf in Kot, Schwarz und Ockergelb einige Bisons aufgemalt. Flinkfuß war ob dieser Leistung seines alten Freundes hoch entzückt. Die Malweise war ganz neuartig.

In der zweiten Halle trugen viele Tierbilder frische Einmalungen von Pfeilen mit langen Holzschäften. Manches Tier war förmlich mit Pfeilen gespickt und schien vor Schmerz und Empörung zu schreien. An einer niedrigen Stelle war ein langer Zug dahinschreitender Rentiere festgehalten worden, deren Geweihe wie ein Wald emporragten. Flinkfuß fasste diese Tierreihe sorgfältig ins Auge. Seit sieben Wintern schienen die Rentiere in der Umgebung des Flusstales an Zahl häufiger zu werden. Die Jagderfolge wuchsen, aber merkwürdig blieb, dass die Winter kälter und schneereicher als früher gewesen waren. Auch hatte ein Jungjäger erst kürzlich berichtet, dass im Süden das Eis näher an den Großen Fluss heranzukommen scheine. Unter den Rentieren hatte der Oberzauberer mit Zeichen, die Flinkfuß unverständlich waren, einige Bannsprüche eingeritzt. Dem Häuptling wurde langsam begreiflich, dass sein Oberzauberer im Ringen und Suchen nach einem noch höheren

Wert des Menschen lag. Er selbst dachte ja nicht wie gar viele seiner Jäger, die keinen besonderen Unterschied zwischen Mensch und Tier machten.

„Warum malst du neue Tiere?“, fragte Flinkfuß den Oberzauberer.

„Wir brauchen die Tiere, um uns zu ernähren, und viele töten wir, weil sie uns feindlich gesinnt sind.“

„Du denkst also nur unseres Hungers wegen an die Tiere?“

Gemalte Bisons

„Ja."

„Glaubst du, dass wir mit den gemalten Bildern auch die Gewalt über die noch fernen Tiere immer behalten können?"

„Warum denn nicht? Wir setzen doch das Bild eines Tieres dem Tiere selbst gleich!"

Hier stockte Flinkfuß und versuchte den Oberzauberer dahin auszuforschen, warum die Rentiere früher so selten gewesen seien und nun wieder reichlicher aufträten.

Großer Wolf schob die Ursache listig auf seine neue Rentierreihe, die er voll Stolz und Eitelkeit betrachtete. Auch der Häuptling wandte sich wieder dem Bilde zu, aus dem höchste Beherrschung der Natur und ein ganz tief ausgeprägtes Gefühl für Farbenstimmungen sprach. Der Große Wolf hat-

Schreitende Rentierherde

te zuerst die Höhlenwand mit Rötel grundiert und dann die Rentiere mit Schwarz und Gelb darüber gemalt.

In der ersten Höhlenhalle war fast kein kahles Wandfleckchen mehr zu sehen. Überall ritzte, malte und wischte der Oberzauberer herum. So waren an einer Stelle nur Mammute eingeritzt, die sich dicht hintereinander und übereinander drängten. Die Vertiefungen der Ritzzeichnungen waren mit Schwarz nachgezogen. Von der Meisterschaft des Großen Wolfes zeugte weiterhin sein reicher Farbenschatz, worin nicht nur Rötel, Holzkohle und weißer Kalk, sondern auch Brauneisenstein, Eisenrahm, gelber Eisenocker und schwarze Manganerde vorhanden waren. Mit feinen Wischern aus Lederläppchen verstrich er die Farben an der Wand und erreichte damit bewunderungswürdige Verstärkungen und Absehwächungen der Farbtöne.

Lange waren beide Männer in die Betrachtung eines eingeritzten Mammutbullens versunken, als dem Oberzauberer der Gedanke kam, seinem Häuptling die neuentdeckte Halle zu zeigen. Flinkfuß nahm eine Fettlampe vom Boden auf und schritt hinter dem Oberzauberer her. Vor einem Spalt am Ende der zweiten Höhlenhalle lag ein Felsblock. Um diesen Block war von dem Oberzauberer der Höhlenschutt abgegraben worden, dabei hatte es sich gezeigt, dass nach der Tiefe hin der Spalt auseinanderstrebte. Die Aufdeckung war schon so weit gediehen, dass beide Männer hintereinander durch den Spalt kriechen konnten, der sich zuletzt zu einer Halle mit weißschimmernden Tropfsteinen erweiterte. Die Luft war in der Halle sehr gut. Vorsichtig überkletterten beide einige abgestürzte Tropfsteine und gelangten in eine weitere Halle, von der einige schmale Gänge abzweigten. In diesen lagen viele Skelette hier verendeter Höhlenbären. Der Oberzauberer

Eingeritztes Mammut

nahm einen der gewaltigen Bärenschädel vorn Boden auf, dieser sollte die Bilderhalle schmücken.

Langsam wandten sie sich zur Umkehr. In der Bilderhalle angekommen. bemühten sich beide Männer, den Felsblock aus dem Wege zu räumen. Es kostete schwere Arbeit. Sie drückten und stemmten. Endlich hatten sie ihn hochkant gestellt und warfen ihn um. Er fiel in die Halle und zersprang beim Aufschlagen in drei Teile. Ganz überraschend kam aus dem Bergesinnern ein leises Zittern, dem ein gewaltiger Knall folgte. Erschrocken horchten die Männer auf und sahen mit Entsetzen, wie sich die hintere Wand der Höhlenhalle rückwärts neigte. Ein dröhnendes Gepolter setzte ein, die Decke klaffte, wankte und senkte sich herunter. Es knirschte, rollte, polterte und stäubte. Mit einem grässlichen Schrei wurde der Oberzauberer unter einem ungeheuren Trümmerfeld aus Kalkblöcken verschüttet.

Mit weit aufgerissenen Augen sah der Häuptling voll starren Schreckens noch das Mammut von der Decke abspringen, dann wurde auch er, den Kopf unter dem bemalten Block begraben, tot zu Boden gedrückt. Ein paar Brocken polterten noch herab, darnach breitete sich Totenstille über die Stätte des Schauderns und Grausens.

Das Begräbnis

Einen Tag später standen die Ältesten vor der zweiten Bilderhalle, deren Blockgewirr sich ihnen in den Weg schob. Es war grauenvoll! Blutüberströmt lag der Häuptling rücklings am Boden. Eine mächtige Felsplatte hatte ihn erdrückt, und als sie diese abhoben, sahen sie entsetzt, dass auf der Unterseite ein Mammut aufgemalt war. Dieses galt als schlechtes Zeichen! Still trugen sie den Toten, auf dessen Stirne ein großes Loch klaffte, vor den Höhleneingang.

Niemand konnte die Berge ganz bezwingen, selbst der Große Wolf hatte sich vergeblich darum bemüht. Tief innen lebte noch die Erde. Das Gebirge war nicht so tot, wie es die Kalkwände oft vorzutäuschen vermochten. Es war nicht das erstemal, dass sich eine Höhle donnernd geschlossen hatte! Der Böse Geist übte im Bergesinnern seine Kräfte, er wollte immer wieder frei und ein Herrscher sein. Kein Zauber konnte ihn ewig in Fesseln zwingen. Der Böse Geist war es, der den Häuptling und den Oberzauberer erschlagen hatte.

Die Ältesten wollten den Oberzauberer ausgraben. Es war eine beschwerliche Arbeit, eine böse Arbeit. Immer wieder Felsblöcke und Felsplatten, die nur lose aufeinandersaßen und beim Wegschieben in mächtige Brocken zerfielen. Mit starken Armen umklammerten sie einige Blöcke, hoben sie hoch und trugen sie sachte hinweg. Aber die Blöcke wurden immer klobiger und schwerer. Zuletzt stießen sie auf eine breite Felsplatte. Unter dieser musste der Große Wolf liegen, dann war er aber völlig zerschmettert, und vieler Jäger Kräfte würden nie ausreichen, um diese Last hinwegzuwälzen. Ihre geschundenen Finger krampften sich zusammen, obwohl sie Sehnen hatten wie Riemen. Niedergeschlagen stellten sie ihre Bemühungen ein.

Ihre Furcht vor dem, was sie Bösen Geist hießen, war größer denn je. Es verdross sie, dass selbst der Große Wolf dem Unerbittlichen nicht entronnen war. Der Mann, der ihnen Schutz hätte verschaffen sollen, war selber nicht mehr. War die Macht des Stammesgeistes, an den sie immer geglaubt hatten, gebrochen? Vier kräftige Männer nahmen den morschen und welken Leib ihres Häuptlings auf die Schultern und schleppten ihn unter düsterem Schweigen zur Vogelherdhöhle.

„Wehe, sie bringen ihn tot!“, schrie Weißfeder und sank jammernd in die Knie.

Sandkorn trat hinter seiner Mutter aus der Höhle und sprach zu ihr: „Er ging am Zorne des Bösen Geistes zugrunde. Die Sehne seines Bogens wird verlernen, zu schwirren. Wir werden ihn mit unseren Händen begraben.“

Als Sandkorn dieses gesprochen hatte, legten die Träger den toten Häuptling vor der Höhle so zu Boden, dass er mit dem Rücken an der Felswand lehnte. Alle Träger verblieben mit Sandkorn als Totenwächter auf dem Höhlenvorplatz.

Der Älteste unter ihnen seufzte und sprach: „O wehe, warum bist du tot? Es zerreißt mir das Herz."

Darnach reinigte er den Kopf seines Häuptlings von Blut und Lehm, ließ sich von Sandkorn eine Knolle Eisenrahm reichen und bestrich damit das Gesicht des Toten so lange, bis es fettig glänzte.

„Es friert dich", sprach der zweite und legte Flinkfuß an Stelle des zerschundenen Wolfsfelles eine Löwenhaut um.

„Rache, Rache dem Bösen Geiste", entgegnete der dritte, fügte des Häuptlings Arme über dem Schoß zusammen und legte Pfeil und Bogen über seine Schenkel.

„Strafe deinen Feinden!", murmelte der vierte und drückte dem Toten Sandkorns Knochendolch zwischen die starren Finger.

„Wie starbst du so schnell", stöhnte Sandkorn, liebkoste das Haar seines Vaters und legte ihm ein Lederbeuteichen mit Klingenwerkzeugen, einen Beinpfriemen und ein Stück Elfenbein zwischen die Knie.

Mit dem Einbruch der Nacht entfachten die Männer auf dem Höhlenvorplatz ein starkes Feuer, so dass der Häuptling immer im Lichtschein lag. Nach dem Glauben der Mammutjäger hörte und sah ein Toter alles, was um ihn her geschah, so lange bis er begraben war. Das letzte, was der Tote hörte, war das Rieseln des Steinschuttes über ihm. Darum pflegten sie ihre Toten zu unterhalten. So kauerten sich auch die Männer die ganze Nacht hindurch vor Flinkfuß auf den Boden, zeichneten mit den Fingern die Stammeszeichen in den Kalkkies und erzählten, einander abwechselnd, ihrem Häuptling bis zum dämmernden Morgenschein am Osthimmel Jagdgeschichten.

Mit dem ersten Strahl der Sonne gruben Sandkorn und Weißfeder, die auf ihre Wangen weiße Striche aufgetupft hatten, vor der Höhle unter der Brandschicht der nächtlichen Feuerstätte eine flache Mulde. Die Männer legten den Toten in Schlafstellung so darein, dass die Füße nach der Höhle wiesen, und gaben ihm alle seine Waffen und seinen Schmuck mit. Unter das Kinn erhielt Flinkfuß eine Knolle Eisenrahm als Beigabe, damit er sich in den ewigen Jagdgründen bemalen könne.

Bevor Weißfeder den toten Häuptling mit einer Wildpferdhaut bedeckte, schlug diesen einer der Ältesten mit einem Pfeilschaft leise an den Kopf und deutete nach Osten, um seinem Geiste, der immer noch in der Nähe weilte, den Weg zu weisen.

Darauf streuten alle betrübt Asche auf die Wildpferdhaut und trugen so lange Kalkschutt herbei, bis der Boden wieder eingeebnet war. Dann schüttelten die Totenwächter ihre Bogen und Pfeile wild über dem Häuptlingsgrab und bedrohten in harter Rede den Bösen Geist, der sich dem Verstorbenen auf seinem Wege in die ewigen Jagdgründe abermals zum Kampfe stellen konnte.

Zuletzt wurde über dem Grabe ein Feuer entfacht, um Wölfen und Hyänen die Witterung zu nehmen. Schwer zog der Rauch zum wolkenbehangenen Himmel empor, und verzweifelt kreischte die Stimme der Weißfeder auf, als sie mit Sandkorn und den Totenwächtern die Höhle verließ, in deren Luft ein Hauch des Seltsamen und Geheimnisvollen zurückblieb.

Alle Ordnung und Freude war im Stamme der Mammutjäger dahingeschwunden. Der Häuptling und der Oberzauberer tot, das Bilderheiligtum vernichtet! In traurigem Rate beschlossen die Ältesten, nach der Häuptlingswahl wieder den Wanderzug nach Südwesten aufzunehmen.

Noch eine Nacht glühten und loderten im Flusstale die großen Schutzfeuer, in der nächsten war nichts mehr von ihnen zu sehen. Frühmorgens waren die Mammutjäger abgezogen, und das Flusstal mit seinen löcherigen Kalkfelsen blieb nur noch die Stätte ihrer Toten.

Nachwort

Jede Erzählung muss für sich bestehen können, und aus diesem Grunde habe ich der vorliegenden keine Anmerkungen wissenschaftlicher Art beigefügt. Ich will darum meinen lieben Lesern und Leserinnen an dieser Stelle einige kurze Erklärungen geben.

Die ältesten Spuren des Menschengeschlechtes finden wir in den Ablagerungen aus der Eiszeit, dem jüngstvergangenen erdgeschichtlichen Zeitabschnitt. Erst durch die Nöte und Härten der Eiszeit ist das Geschlecht der Menschen zu seiner heutigen Macht und Stärke hindurchgetrieben worden.

Die Eiszeit selbst bestand aus verschiedenen Kalt- und Warmzeiten. Wir kennen bis jetzt vier Kaltzeiten, die durch drei Warmzeiten voneinander getrennt waren. Aus Schottern, Kiesen, Sanden, Kalktuffen und Lössen sind die Reste wärmeliebender und kälteliebender Tierarten bekannt geworden, die es den Forschern ermöglichten, diese Aufteilung der Eiszeit vorzunehmen. Unsere Erzählung fällt in die letzte dieser Kaltzeiten. Unter den beiden mittleren dieser Kaltzeiten schien die Menschheit am schwersten gelitten zu haben, denn das Eis nahm an Ausdehnung ganz gewaltig zu.

Die bedeutsamsten Punkte der Großeisbildung lagen in Skandinavien und in den Alpen. Selbst die europäischen Mittelgebirge trugen ihre eigenen Eiskappen. Das von Skandinavien heranwachsende Eis erreichte in seiner größten Ausdehnung Mittelengland, überzog die ganze Nordsee, griff nach Holland und Mitteldeutschland bis zum Teutoburger Wald über, erreichte das Harzgebirge und lässt auf Grund seiner aus dem Norden herbeigeschleppten Gesteinstrümmer, die wir jetzt auflesen können, seine einstige Ausdehnung bis nach Polen und Russland hinein ermitteln. Die Alpen, die „Weißen Berge" der Erzählung, lagen unter einem dicken Eispanzer begraben, dessen nördliche Steilwand aus der Gegend zwischen Lyon und Genf über Salzburg hinaus verlief. Selbst der heutige Bodensee ruhte unter Eis. Sein Becken wurde erst durch die hobelnde und schürfende Wirkung der aus dem Hochgebiet der Alpen herabdrückenden Eismassen geschaffen. Die letzte Kaltzeit war von Perioden leichterer oder stärkerer Erwärmungen unterbrochen, die das Wandern der Jägerhorden hervorrief oder begünstigte. In einer solchen Zeit leichter Erwärmung kamen nach allem Anschein die „Mammutjäger" in großen Horden aus dem Osten herangezogen. Sie mögen in den kurzen Sommern gewandert und in den längeren, harten Wintern in den Höhlen geblieben sein. Wo reiche Jagdgründe vorhanden waren, verweilten die Mammutjäger lange in einem Höhlengebiet, wie dem „Kalkgebirge" der Schwäbischen Alb.

Als Fachmann auf dem Gebiete der Erforschung der Urgeschichte des Eiszeitmenschen habe ich seit Jahren in den Höhlen der Schwäbischen Alb im Kalkschutt und Höhlenlehm nach den urtümlichen menschlichen Werkzeugen aus Stein, Elfenbein, Knochen und Geweih, sowie nach den Resten der eiszeitlichen Tierwelt gegraben.

Der „Große Fluss“ ist die Donau. Von der „Vogelherdhöhle“ aus, die bei Stetten ob Lontal (Kreis Ulm a. D.) im unvereisten Gebiete lag, konnte in einem guten Tagesmarsch jenseits der Donau der Eisrand erreicht werden.

In dem splitterigen Kalkschutt der Vogelherdhöhle habe ich vor wenigen Jahren mit vielen Hunderten von Stein- und Beinwerkzeugen die von dem Häuptling „Flinkfuß“ angefertigten, äußerst kostbaren Elfenbeinfiguren ausgegraben. Diese sind mindestens dreißigtausend Jahre alt. Während der Ausgrabung saß ich oft in den Ruhepausen vor dem großen Eingang der Vogelherdhöhle und sann darüber nach, was unsere Urvorfahren im stillen Lonetal erlebt und erlitten haben mochten. Immer suche ich noch nach der eingestürzten und verschütteten „Bilderhöhle“ und den anderen Wohnhöhlen der „Bärentöter“ und „Mammutjäger“, von denen unsere Erzählung berichtet.

Dr. Gustav Riek